CAO TANG

有温度有质感的大唐风骨
有颜面有尊严的当代诗歌

出版发行 四川文艺出版社（成都市槐树街 2 号）
网　　址 www.scwys.com
电　　话 028-86259287（发行部） 028-86259303（编辑部）
传　　真 028-86259306
邮购地址 成都市槐树街 2 号四川文艺出版社邮购部　610031
印　　刷 成都市新都华兴印务有限公司
成品尺寸 185mm×260mm　　开　　本 16 开
印　　张 6.5　　字　　数 160 千
版　　次 2021 年 07 月第一版　印　　次 2021 年 07 月第一次印刷
书　　号 ISBN 978-7-5411-6039-4
定　　价 15.00 元

投稿 / 联系邮箱：ctsk2016@126.com
电话：028-61352760/86640163
地址：成都市锦江区书院西街 1 号亚太大厦 7 楼草堂诗刊社

图书在版编目（CIP）数据

草堂. 第59卷 / 梁平主编. -- 成都：四川文艺出版社, 2021.7
ISBN 978-7-5411-6039-4

Ⅰ. ①草… Ⅱ. ①梁… Ⅲ. ①诗集 - 中国 - 当代
Ⅳ. ①I227

中国版本图书馆CIP数据核字(2021)第097055号

Contents

目 录

2021-07（总第 59 卷）

封面诗人

Featured poet

还少一步（组诗）

◎吕德安

[鸟 鸣]

鸟鸣突然停止在哑巴和说话之间
在一个令人生疑的树枝手势里
和骤然落下大片叶子
一场恍如隔世的雨丝里

[虚无的消息]

我们的水牛熟悉这一带水域
它们了解防波堤的斜面
直到水底有多深

它们烂泥一般泡在水里
眼睛半浮在水面上
当船儿震颤着经过
它们沉寂的肉体
在水下虚荡一下
就像这条浑浊的江面

一天的涨潮和落潮
看上去没有两样

[还少一步]

我心灵的舞蹈者感到了迷惘。
可能是我的脚步出了错：
哟！你不要只是指责，
不要追问我何故停下——
在阴暗的岔道口。

我对我的悲伤叹息不止，
但对心灵的舞蹈者应全力以赴：
欢跳吧，就像星星在星星上面，
在该死的遗忘上面——
在阴暗的岔道口。

[少女踩过冰冻的草坪]

少女踩过冰冻的草坪
细微的脆裂声传入体内

那不是蛇的咝咝声
那是雪缝里仿佛有知觉的草

发出水晶般的喊叫
她望着。而某些东西

确实镜子般碎裂了
正如那少女所震惊

和预感的。哟，上帝
在你轻妙的足迹里时光流逝

而那少女晶莹剔透
她正思量着如何踩过

再踩过，而我们一旦注视她
也许就能喊出你的全部名字

[回 忆]

我半躺着，床旁镜子里站着一个女人
她高过镜子一倍，只看得见她的
腰，和一半的乳房

她很美，美过镜子里的天空
美得令人窒息
那腰以及那一半的乳房

就这样占据了整个镜子
而我半躺着
仿佛生活在水底

她真是太美，从未显露全部
如果她低下身看自己
乌亮的头发，悄无声息地再看看我

我就会死亡，或起身叹息
像先人留在坟墓里的
一把梳子

[夜已完全静下来]

夜已完全静下来
黑暗的工作开始了
听觉将在那里被挖掘
听觉的坟墓也将被挖掘
在这里没有声音也还是有声音

[水仙花蜷曲的叶子]

水仙花默不作声
她召唤我们用她蜷曲的叶子
多么纤巧，多么舒展
仿佛撩动着丝丝骚情

她在水中微颤着
她那通往花朵的茎
这才让我们的眼睛充盈
她昭示着一场天堂的火焰

却从未吐露她的身世和芳龄
——这些怎不叫人窒息
只是当她完全寂静
我们也愿守口如瓶

[一棵树]

想想吧，当一棵树摇晃
累累果实中间
便有一个孩子在摇晃

想想这个秋天的孩子摇晃
叫那蓄满一天的雨
尽数洒落，毫不吝啬

想想他正在哑巴似的
让一场固执的雨
逐渐变得稀薄……

想想冬天，当孩子消失
而树会自己融化
中间满是空缺

它先是掉下一块
不到巴掌大，就像乌鸦
嘴里的那块肉

然后是一棵树的雪崩
和一天的遗忘
而生活仿佛仍在原处

继续掉落东西
那东西快乐而茂密
像谎言

[公元 2012 年重阳节游太行山有感而作]

秋天的落叶已落满京城
记得我受到邀请，要远赴襄垣
像个来自异地的古代诗人
坐等几日，天亮前便起身
徒步到太原，再到某个驿站
与另外三个诗人结伴同行

到了太行山顶才知道
那天已是重阳，于是问起
山脚下的襄垣，此刻又在何方
啊，那个睁着煤炭眼睛的襄垣
那片有人在湖心垂钓
日暮时闪着金光的新湖

傻傻的，也只是问问罢了
而四周寂静，也像有人在群山间
丢了知识，一时忘记了人生
又恍惚间突然记得前世曾经
到此一游——也像传说中
某个游山玩水的古代人？

我这么说兴许只是想让时间
慢下来。这个世界已今非昔比
还有许多宝地尚未去过
或者去过，如今回过神来
又值得再亲临一遍
好在来世还记得这山山水水

哟，但愿天天都有一些事
让人流连忘返，只是我们
天黑前还得赶回襄垣城里
那里晚宴过后还有一场地方戏
等着上演——马不停蹄
啊，主人的招待可谓尽善尽美

还有许多本地会写诗的
前来捧场，这大概
也是个好的传统，叫这一天
挤得满满的，叫人不禁地想起
记载中的那个故国，或
《四乐图》的作者白居易啊

[鹰]

（赠韩东）

开窗望去：一只鹰的身影
吊在空中已很长时间，
那静止的一幕恍若隔世，
似乎它喜欢这样把大地丈量
将山山水水看个仔细，而
这般地穷其一生，高兴中间
隔着一道寂寞可是叫人思慕的生活？
或者它符咒般地映在天空，
叫人一天眼帘跳个不停，
回到屋里还感到晕眩，
只好向着窗户苦思冥想；
我曾经不止一次地朝着那
黑点的天幕喊去——不止一声，
直到它拍起翅膀才敢释怀；
甚至家也搬到山上，用乱石堆砌，
似乎这样靠它近些，才好去证明
眩目的天空并非空无一物——
今天它豁然凸现在山顶，
又好似要销声匿迹——消失在
光的缝隙里，而我埋下头
把一首诗写得又长又短，
这是否也算作一种回应？
或者我真该再喊一声，
让这一天不再死一般沉寂，
或用力将石头一块块抛去，
再抬头仰望，直至目光充盈。

[迷 恋]

有谁像我这样躺卧在天空下，起伏着
像尘土；或起伏着，结合自己的一生
忽然节外生枝地感叹：啊！
如何才能在水上完成一个人的行走

[弯曲的树枝]

我看见一棵树弯曲着蓄满影子
（其实那只是一个下坠的树枝），
我看见它的一些影子在燃烧，
另一些却酷似波浪下的静水，
死了似的在等风来掀开，
或人一样思量着如何摆动
才能倾注一生的力量；
我看见它几乎快倒在地上，
只是影子弯曲着试图爬回树上，
或扭曲地隐入空中，似乎那里
透着一道道缝隙，可供它们喘气，
享受这一天均匀的阳光。

如此阴沉沉地向大地低身，
四周没有一丝风，
只有生活本身的空无；
只有影子和影子的影子
（地底下兴许还渗透着影子）
我坐下叹息，因为这里不是天堂，
却毕竟是先人留下的一份清凉，
多少值得回来一趟；我高兴自己
终于懂得从肩头放下孩子，
让他在膝盖上歇一歇——也让他
高兴有这样一棵参天大树，
冥冥中总有什么东西在洒落，
飘飘然地，在更加浓密的另一边。

[无 题]

一只麻雀直扑树丛，另一只
绕着圈也消失在那里了
至于它们是否在此栖息过夜
单凭两三声叫唤我不敢肯定

随笔三则

◎吕德安

[一]

以前我写诗有个习惯，没写出来的绝对保密，尤其是短诗，不是题材怕人剽窃，因为在我看来，这就叫着酝酿，不在乎酿的是什么，而是时候未到，说出来整个容易变酸变质，所以是大忌。可这半月来，一首题为《白鹇》的诗是我一直想写的，只是至今还没写出来。为应付一份随笔约稿，索性就将这先有了题目但没写出来的东西拿出来说一说。《白鹇》这首未出现的诗让我着迷。它很有意思。当我还不知道到底要写些什么的时候，它仿佛已经可以被一页页地翻开，一个字一个字一行一行地排开。某种书写可以被整体地预见，我觉得那已经是一次美妙开始，但我没有开始。也许由于意识到这首诗必将美不可言，以致小心翼翼，不敢轻举妄动；也许我在等待一个正确的时间，然后一气呵成；也许因为懒惰为自己寻找一个借口，以为有的是时间来写它。总之，我很享受在这个过程中发生的一切。但就像在生活中太耽于某种享受，其结果未必都是好的一样，这首诗似乎难产了。此时我已意识到风险。比如我继续说，当我注视一棵树，感受着树间的气息，我又仿佛在文字的雾里看见它，字里行间流淌着种种初生的思绪，目光在那里获得“看”，手在那里获得触摸——这些迷人的说法，实际上已让《白鹇》陷入了一种理论的诱惑，而诸如此类的话说得越多，就会越偏离我所真正感知的某种真实。是啊，一首诗就是对某种真实的一次隐秘的求近，像赴约，有着私下的承诺：当一首诗尚未见诸文字，形态万千，时隐时现，深处有着某种创世般的寂静，似乎只适合于被观想，这时候诗人要做的最好是：守口如瓶。《桃花源记》里说：某人看见了一个“豁然开朗”之物，说出去了，再去看时“不复得路”。好在陶渊明没说桃花源消失了，只是找不到而已。这是一种安慰，所以我也在自我安慰——不能再这样语无伦次地说下去，留下一半给诗歌吧。天机泄露了一半。不知我还有没有缘分写出它。

[二]

说起写《白鹇》，并非空穴来风。我山中小屋周围，常有鸟儿出没，其中就有白鹇，只是起初不晓得。直到最近，山谷里面的邻居家来了几个专业摄影的，大包小包地从门前经过，进去后再也不见人影，我好生奇怪，过去了才知道，他们躲在伪装网后面已经整整一个夏天，长长的镜头正对三五只白鹇（但常常是对着一片空白），快门的咔嚓声让它们不时地抬起脖子，我们坐在一边喝茶，更不敢大声说话，邻居介绍我是一个诗人时，他们也好奇，但在我看来，这种好奇也是很有意思的，换了我也会这样，一个诗人住在丛山之中，多年与白鹇为邻，却彼此不识，“鸡犬相闻，老死不相往来”！我又惭愧又高兴。他们打开相机里的照片给我看。这才知道白鹇有多美，有着天仙般的典雅，只能感叹这样的鸟非世间之物。我知道那一刻我的表情发生着变化，心灵充满了喜悦，我一下子坐下，欲言又不能——最好什么都不用说！我知道这样的感动，不是因为白鹇在世界上实属稀缺，屈指可数，是珍贵的保护动物，而是因为眼下它们三五只，徜徉在一块岩石上，仿佛就是美的一种化身。有人听莫扎特，说是天籁之音，那里有上帝的爱；有人听巴赫的安魂曲，眼前会出现一片火轮，光彩咄咄逼人，因此泪流满面；有人看塞尚风景画，看出了背后有一个上帝正借一个画家之手，为天空和大地描绘出一种次序感。而眼下我们这几个人，身临其境，古人似的坐在一起，三十米开外，一群白鹇漫步，身上透着造物之美——能如此近地欣赏它们，应该说也是一次造化。我们喝茶，一边谈论着它们随时可能消失，可不是吗？至少它们会随时发现我们在谈论它们，一旦如此，它们会瞬间飞走，留下遗憾。我想那时我一定是爱上了这种鸟，也似乎爱上了所有的鸟。这是瞬间的事情，也像以往所发生过的一样。不可同日而语的是，它们是如此纯粹，以致我像爱上了不能爱的东西，或者是不属于人间的东西——是不一样的，因为我知道，好东西最好不要被知道，被说出去，否则它很快就会变得不再是原来的样子！

[三]

现在我在隔着一座山就仿佛在下雨的山谷里，写着这些文字。记得二十世纪九十年代初，我刚去美国纽约，有人就用肯定的语气跟我说，诗歌这种文学载体很快就会消亡，因为西方传统的绘画已经消失了，或者说正在成为一个先例。这听起来很吃惊，像在谈论诺亚方舟。我不知道。在诸如此类的大问题面前，我习惯保持懒惰和沉默。但具体到每一首诗，我倒可以说诗常常是一种随时可能消失的存在，它此一时彼一时，是有定数的东西。尤其是那些尚未见诸文字的诗，你把它说出来，它就会不一样，甚至再也不会呈现。所以诗歌有着它神秘的一面，人们理当敬畏它。但是诗歌这种载体会不会像白鹇一样，成了濒危动物呢？对我而言不如去说诗是如何可遇不可求的，它的存在的珍贵！这是我在山中生活一段时间后更加认识到的。就像那些白鹇，瞧，现在它们三五只，在岩石上，但不是每天，也不是每时每刻都在那里的。我只能悄悄地看，静静地听。诗也一样，没必要老喊着要写什么。好的诗往往是偶然而得之。我不是故弄玄虚，也许只是有点迷信而已。早年进山盖房时，自然带着园林意识，把一块石头搬来搬去，把一棵树移来移去，都想放在合适的地方。在园艺上，我的画家邻居比我有过之而无不及，里里外外更是忙个没完。有一次他困惑了，说他有一棵心爱的蜡梅，本来长势喜人，却因为他老在它面前说要把它如何修剪，而夭折了！我半信半疑，我知道他喜欢古画里的树的样子，对每棵树都有修剪的愿望，常常把我叫到他的那些树面前，指手画脚。自从那株梅花死后，又被他那么一说，我也变得小心起来，如果实在必要修枝什么的，最好悄悄地进行。我知道我还不是什么神秘论者，但大自然本来就有忌讳的：为的是让世界更加完美！我相信诗之于写作也是如此，必定有些东西是需要遵从的，那会使诗接近“真理”。而诗的深刻的在场感缘于诗人的生活方式。这种在场感正是我写《白鹇》的基本动机。我出版过一本诗集叫《顽石》，原初命名为《冒犯》，其言外之意一半是对大自然表示敬意，因为里面有一部分诗写了山里的事物。组稿人怕引起其他的误会，我便将它改成《顽石》。

一个现代隐逸者的自然美学

——略论吕德安的诗

◎赵学成

在当代汉语诗歌界，吕德安一直是一个独异的、近乎神秘的存在。他成名甚早，20世纪80年代初即已凭《澳角的夜和女人》《纸蛇》《睡眠的诗人》《父亲和我》等作品赢得了最初的声誉，是南京“他们”诗群的重要成员，也曾参与创办“星期五诗社”，始终身处当代诗歌的现场，却坚持以“旁观者”的精神姿态，自觉远离诗坛各种纷争和喧嚣，长期离群索居，如候鸟迁徙般往返于中国和美国之间。1994年，从美国返回故乡的吕德安在福州北峰山上自筑新屋，完成了一次陶渊明（或者梭罗）式的自然归隐和田园扎根。数十年来，吕德安在半隐逸的生活状态下以画画为生，坚持写诗，创作了包括长诗《曼凯托》《适得其所》《不，不是那扇门》等在内的大量诗歌。2020年11月，上海雅众文化策划出版了《傍晚降雨：吕德安四十年诗选（1979-2019）》（以下简称《傍晚降雨》）一书，对吕德安四十年的诗歌创作生涯做了“一次较全面的文献性的总结”，堪称近年诗歌出版界的一件盛事，让我们得以以一种更直观的方式，揳入吕德安博大渊深的诗学谱系，一窥其诗歌美学的演变史与地形图。

吕德安属于那种罕见的实现了人与诗高度“同一”的诗人，其人木讷、迟缓、孤僻、不善言辞，其诗朴拙、舒缓、安静、纯粹，人与诗彼此互证、互渗，熔铸为一种风格化的精神肖像和美学表情。这从诗人的自述中也可以得到印证，比如2000年出版的诗集《顽石》，吕德安在序言中希望自己能“写出一首天下最笨拙的诗”，他的写作也确实蜿蜒行进在这一诗学愿景和方向上；再比如在《傍晚降雨》的后记里，诗人更是直接坦陈，“诗可以与我们的知行有着天然内在的契合”，这显然是奠基于自我认知的切身之言。应该说，在这种人与诗之间的“契合”背后，透示出了吕德安对写作乃至对具体的语言、技艺、修辞等所怀持的立场与态度，那是一种发自内心的、严格忠贞于自我的诚实，他拒绝任何可疑的伪饰，拒绝习见的华而不实的修辞学操练，而是毫无保留地将自己植根到诗歌的灵府，借诗歌来凸显、完善和升华自我。在此基础上，作为一位始终倾心于自然的诗人，吕德安对自然的皈依、投怀与歌咏，对一种朴素、原始、古典的生活方式的礼赞与留恋，尤其是沉潜在自然意象和平凡事物间的领悟与冥思，都以一种传统而又充满现代感的方式投影在了他巨量的诗篇中，这使他赢得了“中国的弗罗斯特”的美誉而广为人知。

正如《傍晚降雨》这部诗集的编排体例所示，吕德安的诗歌写作大致经历了几个不同的发展阶段或者说主题区间：早期（1978-1983）他受洛尔迦的影响，诗歌带有明显的谣曲风格，以民谣式的音韵和意象构筑诗的抒情构架；而后（1984-1990）便开始真正进入写作的自觉阶段，如对平凡、琐细、卑微事物的热情关注，如舒缓、沉静、朴实、介于抒情与叙述之间的语调，如大巧若拙、语出自然、传统与现代熔铸一体的表达技巧等，都逐渐成型为一种个人化的风格脉系；接下来（1990-1998），鉴于诗人长期旅居美国的经历，这一时期的诗明显开始介入异域体验的观照和抒发，而“故乡”以及与之具有关联性的语汇，也在此时悄悄开始进驻吕德安的诗学主题，成为他诗歌声腔中的重要声部；最后（1994-2020），诗人在福州北峰山上筑屋而居后，开始将视角更多地聚焦在山中的生活事件和自然景象上，由此进一步发扬并发展了他的诗风。当然，这种粗略的划分，容易割裂吕德安诗歌创作的整体性和连贯性，特别是有的诗可能横跨不同的阶段，或者经过了不断的修改，很难判断它们从属于哪一个阶段——但毋庸置疑的一点是，它还是大体上标示出了吕德安诗歌的艺术概貌和美学图谱，整体而言就是：凝目众生，挂怀自然，倾心传统，语淡意深，朴素沉静。

这组《还少一步》全部选自《傍晚降雨》，基本系诗人各个时期的力作甚或代表性作品。让我印象最深刻的，首先是几首剖白心迹和关于写作本身的诗歌，它们从不同角度构设情境，言志抒怀，表情达意，展露诗人个体写作的秘密、审问和愿景，揭示写作与自我的关系。比如《还少一步》，这首诗在表现方式上显然还残留着早期谣曲风格的余韵，在重复、回环、对称中结构出富有形式感的诗体，主体的内容则是“我”与“心灵的舞蹈者”之间的精神对话：“我心灵的舞蹈者感到了迷惘。/ 可能是我的脚步出了错：/ 哟！你不要只是指责，/ 不要追问我何故停下——/ 在阴暗的岔道口。// 我对我的悲伤叹息不止，/ 但对心灵的舞蹈者应全力以赴：/ 欢跳吧，就像星星在星星上面，/ 在该死的遗忘上面——/ 在阴暗的岔道口。”“心灵的舞蹈者”应该就是“诗者”，一个更本真的理想化自我，他的“迷惘”逗引出“我”对“脚步出了错”和“停下”的现状的交代，以此构成整首诗的语义背景。“阴暗的岔道口”这一特殊的意象，难免会让人想起弗罗斯特名诗《未选择的路》里的那两条在“黄色的树林里”分岔的路，只是后者是一种对选择与命运之间关系的（萨特）存在主义式的哲学勘问，而这首诗则是在诗与自我的关系上对弗罗斯特的诗完成了一次精神呼应，并延伸和强化了它的精神指向：对诗当"全力以赴"，即使难免会有"迷惘"和"遗忘"，也要全身心地"欢跳"。这种执拗与坚贞，恰好与作为标题的"还少一步"所透示出来的谦卑与不满足，构成一种关乎"诗"本身的张力，并为此提供了足够充分的阐释空间。

吕德安是一个真正的隐者，但这种隐逸生活的自主选择，并不意味着悬置和隔绝自己，躲进自造的茧房里逍遥世外，而是自居于时代的边缘位置，以旁观者、审视者的身份实现一种"在场"。事实上，无论是陶渊明，还是梭罗、弗罗斯特，也都是如此，"时代""现实""人生"，这些概念在这些隐逸者的诗学词典里从未缺席，正所谓"南窗白日羲皇上，未害渊明是晋人"（元好问），道理是一样的。吕德安的《鹰》里有几句这样写道："今天它豁然凸现在山顶，/又好似要销声匿迹——消失在/光的缝隙里，而我埋下头/把一首诗写得又长又短，/这是否也算作一种回应？"在这里，"鹰"这种高渺的、属于天空的形象，可以抽绎为任何理想化的事物；而"我""把一首诗写得又长又短"，这种"回应"（尽管在这里诗人采用的是一种较为审慎的语气，但这只是风格使然），本身就是一种担当，就是对存在和现实的响亮应答。而在《迷恋》中，诗人如此低吟道："有谁像我这样躺卧在天空下，起伏着/像尘土；或起伏着，结合自己的一生/忽然节外生枝地感叹：啊！/如何才能在水上完成一个人的行走"，"躺卧在天空下"，"像尘土"，这种置身自然的情景和命运，本是人类亘古以来的天然处境，但在这个由"现代文明"统御和分配一切价值的时代，却成了一个隐者"有谁像我这样"的孤身自语；而"如何才能在水上完成一个人的行走"，这种"忽然"的"节外生枝"，既是诗人情郁于中时本能的修辞动作，在形象和情境的设置上又隐喻和阐释了诗歌写作的目的和意义——这难道不正是在对世界发言、对所有心灵发声吗？这种对自然的诗学凝视，实则就是对一种宁谧、安静、和谐的美学品性的抒情性认领，就是在乱花迷眼的时代仍然保有天真、素朴的精神视力，就是另一种对时代的深刻回应。

通读吕德安的诗，我们会发现，诗人在对自然的诗性书写中，赋予了自然以一种独特的美学含义。事实上，无论是就汉语诗歌传统而言，还是就世界范围内的诗歌文化而言，对自然的吟咏和抒唱都是一个绵延不绝、丰厚博大的诗学谱系；赓续传统、拓展更新，也一直是当代诗歌念兹在兹的诗学命题。在当代汉语诗歌界享有盛誉的美国诗人弗罗斯特、吉尔伯特、斯奈德，圣卢西亚诗人沃尔科特等，都是这一诗学嬗递传统中的代言人。吕德安显然也在这一诗学序列中，他的诗心清寂、质直、纯正，正是得之于自然的伟大教诲："一只麻雀直扑树丛，另一只/绕着圈也消失在那里了/至于它们是否在此栖息过夜/单凭两三声叫唤我不敢肯定"（《无题》），这种从对"一只麻雀"的白描中喻示的单纯与诚实，在吕德安这里不但可以被视为一种诗学脾性，甚至可以被理解为一种修辞原则。而《鹰》对自己山中生活命意和写作追索的全盘呈贡，《公元2012年重阳节游太行山有感而作》对登山临水、携朋同游、唱酬兴怀的古典记述，《鸟鸣》《虚无的消息》《少女踩过冰冻的草坪》等凸显智慧、明心见性、生动宛然的山居笔记，从不同维度组构出了一个自然主义者的美学侧影。更重要的是，吕德安没有止步于传统的审美习性，他立根于对自然风物（包括一种人类的自然生活）的洞察与冥思，格物致知，立象尽意，丰富了汉语诗歌介入自然抒写的表现力。比如《一棵树》，该诗以“想想”一词带动从“一棵树”到“生活”的语义增殖过程，以戏剧性的铺排钩织情境化的表意场景，让人看到了诗人在“现代诗歌”技法启发下的修辞淬炼；再比如《弯曲的树枝》：“我看见一棵树弯曲着蓄满影子 /（其实那只是一个下坠的树枝），/ 我看见它的一些影子在燃烧，/ 另一些却酷似波浪下的静水，/ 死了似的在等风来掀开，/ 或人一样思量着如何摆动 / 才能倾注一生的力量……”，现实与想象交叉并置，实与虚彼此掩映，可以看出诗人对自然物象背后的一个隐秘世界的寻觅与发掘。

此外，吕德安的某些风景诗、风物诗，能让我们明显感觉到，绘画的某些意识、技巧对他的诗歌所造成的潜在影响。如《鸟鸣》：“鸟鸣突然停止在哑巴和说话之间 / 在一个令人生疑的树枝手势里 / 和骤然落下大片叶子 / 一场恍如隔世的雨丝里”，对“瞬时”的抓取和捕获，一种“定格”式的绘画处理，凸显了诗人的灵性之思；再如《回忆》的首节：“我半躺着，床旁镜子里站着一个女人 / 她高过镜子一倍，只看得见她的 / 腰，和一半的乳房”，对画面分寸、布局、光影的把控十分精密熨帖，宛若一帧出色的静物画；又如《虚无的消息》第二节：“它们烂泥一般泡在水里 / 眼睛半浮在水面上 / 当船儿震颤着经过 / 它们沉寂的肉体 / 在水下虚荡一下 / 就像这条浑浊的江面”，对“水牛”的刻绘细微入神，让“可见”之实与“不可见”之虚自然地融汇一体，丰韵饱满，画面感极强。这些从绘画中熏染和习得的品性，显然进一步扩衍了吕德安诗歌的美学景深，也从一个特别的角度旁证了吕德安人诗同构的精神面相。

在拙文《不断重临的抒情时刻：传统、自然与时代精神》中，笔者曾表达过这样一个观点：从某种意义上来说，这个时代是反自然的，比如自然是一种和谐的存在，这个时代却充斥着种种矛盾、悖反、异质性；自然象征着永恒，这个时代却瞬息万变；自然是一个秩序井然的整体，这个时代却是碎片化、多元化、原子化；自然宁静而清新，这个时代狂欢而喧嚣；自然中栖居着众神，这个时代却大都是被各种欲望戕害的、流浪的肉身与心灵……在英文中，“nature”这个词兼有“自然”和“本质”的意思——如果说“自然”是一种“本质”，那么它就不只是价值上的，而且还应该是美学上的——我的意思是，它不仅可以从根本上承纳和疗救现代性崛起过程中人类的创伤，也可以为后来的美学养成提供一种覆盖式的保护，比如对诗歌抒情性的精神拥戴，对朴素、和谐、自然风格的美学支援，对心灵和美本身的价值重申等等。就此而言，吕德安诗歌中的自然美学，表面上看，似乎显示了他是一个“向后寻找理想的人”（韩东语），但实质上，却反而彰显了他走在时代前面的“先锋性”，因为“先锋的方向可以是后退的”（于坚语），这就是诗与时代在价值和美学方面的辩证法。作为一个身体力行的传统精神生活的信徒，一个笃志于古典美学的孑遗，吕德安无疑已经在这个时代找到了自己。

实力榜
Major Poets
Cao Tang

小 引
XIAO YIN

【作者简介】小引，生于 1969 年，现居武汉。著有诗集、散文集《北京时间》《即兴曲》《悲伤省》《世间所有的寂静　此刻都在这里》。

那么远（组诗）

◎小 引

[在山顶]

喝酒是昨天晚上的事情
欢喜也是
清晨的浓雾中
深藏苦涩
翠绿的树叶在风中摇摆
腐烂多么耐心
一切都会降临

[白鹭与水杉与你]

午后的阳光中
不要东张西望
也不要想太远的事

白鹭在头顶
白鹭住在水杉树顶
白鹭又轻又软又不安

水杉树轻轻摇晃
仿佛一个走了很远的人
突然回头跟你招手

看上去
我们都很快乐
难分难舍

白鹭离开树梢的那一刻
多么安静
多么安静的悲剧

[洪洞县]

忽然间天黑了
在远处，其实下雨前天就黑了

谁看见了，都不要作声
要享受泥泞，谁开口就是谁的失败

冬夜，洪洞县是一场漫长的雨
漫长的雨滴淹没记忆

那些不被允许的衰老
在山顶得到永恒

那些觉悟和渴望
必须放弃

就像此刻，我在潮湿的广胜寺外等待
苏三回来了，她并没有死

[往 昔]

冬天我来过这里，秋天我再次到来。
仿佛一年之中季节颠倒，
一个看过落雪的人，重新目睹了落叶。
斡难河的流向会不会因此变化，
但也许只是错觉，
晨光中袅袅炊烟安慰着大地，
而大地沉默，安慰着我。

[那么远]

你要接受这个世界
总有突如其来的失去
洒了的牛奶
遗失的钱包以及
走散的爱人
在贝加尔湖的火车上
你目睹过一场下在郊外的雨
郊外的雨
就应该下在郊外
你是否渴望
或者曾经渴望过
那蒙住车头的细雨
还带来城里的消息

[山坡上面]

正午的阳光太刺眼
杨树、杉树、落叶松
在喧嚣的人世间
看上去都一样

不再轻易激动了
这苦闷的夏天
庭院中的浆果
本该生长在山坡

而我偏爱的黄昏迟迟没有到来
再见吧，玛莎
贝加尔湖并不存在
火车头上面，是颤抖而简朴的星空

[在室韦]

黑暗中缓缓流动的不仅仅是河水
我们坐在屋顶
静谧中传来的不仅仅是星光

我们面面相觑
也不再徒劳地相互指认
这难言的夜晚并不需要光明

也不需要圆满
像落叶一样茂盛
像大草原一样无声无息

[巧合的不是灵魂是什么]

走在下过雨的山上
安详而熟悉
黑暗中有什么声响
分不清好坏

相信安静是永恒的
相信你
相信美好和空虚
与巧合无关

要心存感激
在刚下过雨的山上
要忍住欲望
站在松树旁

多么漫长的夜啊
一直在下雨
又不停电
又不能在这首诗中写完自己的一生

[致 敬]

十年前我看见过
星空下的河流越来越慢
清风磨损着山冈
与你无关

再也不能这样盲目了，亲爱的
家具要对得起木头
衣服要对得起棉花
酒要对得起粮食

[很有空的人才能改变世界]

我一直觉得星空是个假象你却说是真的
从人马座到双鱼座
无路可走
在额济纳旗我看见了另一个我
星辰闪烁
毫无意义

你知道我喜欢错误的见解不喜欢真理
沙漠上的风轻轻吹着沙漠
多么可惜
很有空的人才能改变世界
仿佛流星
爱上了流星

[在一首诗中经历了爱]

在梦中写下一首诗
醒来却忘记了。
闭上眼想重新回去
但是太安静了。

醒来和睡去
就像活着与死亡。
就像我们面对面
却是两个人。
有些事情已经注定发生
有些忘记
不过是再一次提起。

用一首诗来表达爱显得轻浮
太安静了
我感到伤心。
为什么
一生仿佛鸡鸣那么短暂
此刻，江水流淌
月光明媚
无法挽回。

[创作谈]

一首好诗是如何创作出来的，是个神秘的话题，或者说，是一个谈论神秘的话题。我倾向于认为它的出现，是偶发的，不经意的，就像一阵风吹过一棵树，并不是所有树叶都会摇晃。

换句话说，诗人之所以指认这个和那个是诗，并努力想通过语言呈现出来的，取决于我们写作之前沉默的忍耐，取决于我们对人世间细微变化的洞见。

写诗在许多情况下既是在谈论别人，也是在谈论自己；既是在谈论局部，也是在谈论整体。但命运这东西捉摸不定，你是臣服还是抗争，结局如何，的确不好说。

必须意识到，诗还是诗，但是诗已经转世了。每一首诗都是重新开始，开始于一个闪念，结束在最后的茫然。写完之后提笔四顾，书房中一盏灯，黑夜辽阔无边，上面是宇宙，下面也是宇宙。

这个世界上没有一首诗是完美的。写诗是一件永远伴随失败的事，我们失败的水准越高，我们的诗越好。

刘汀

LIU

TING

【作者简介】刘汀，青年作家，主要写小说，也写诗、写散文、写剧本。出版有长篇小说《布克村信札》，散文集《浮生》《老家》《暖暖》，小说集《中国奇谭》《人生最焦虑的就是吃些什么》，诗集《我为这人间操碎了心》等。曾获《十月》文学奖、陈子昂诗歌奖、《草原》文学奖、丁玲文学奖等多种。

他，或中年辩证法

◎刘 汀

1
作为一个艺术家
他不想留下
伟大的作品
只想留下
伟大的人生

2
他经常看见
有的人因沉默而死
也可以说那些人
以死亡换来了
永久沉默的权利

3
他从烈火里抓取星光
他从洪水里捞出米饭
而他被预告的命运是
终将死于寒冷和饥饿

4
看了一晚上，孩子们的演出
他开始坚信

人类应该永远
留在童年时代

5
他在想
那些真正伟大的东西
只能看几眼
稍微多一点儿
就会引起绝望

6
他出生，他长大
他上学，他工作
他恋爱，他结婚
他生孩子，他离婚
他去医院，他战战兢兢
他瘫了，他死在床上
好吧，这完整的一生里
唯一需要夸张的
是他的哭声

7
在这个繁华的世界
他其实是靠
多年的孤苦生活
来抵抗热闹的

8
他在一切有孩子的场合
观察他们的父母
这关乎
他对整个世界的判断

9
他发表观点，引起争论
他心生厌倦，火速退场
他整夜失眠，连噩梦
都不曾拜访

10
他坚持认为
能在日常生活里
养活自己
也应被看作是
天才的一部分

11
他第一次相信重力
是在争吵以后——
胸膛里几百克是心
沉得
像一座山

12
对他来说
诗歌不过是
人生痛苦部分的
黑色
分泌物

13
他总是在嘈杂的环境里
写诗，仿佛只有混乱中
灵魂才有机会逃逸

14
那些日常琐事
像磨刀石
总是一天天
把他磨得飞快
却不提供
任何可以切割的东西

他一生空有锋刃
只对虚无闪过寒光

15
许多天了，他一直在比较
睡前的悲哀
和清醒时的迷惘
哪个更酸些
哪个更苦些
结果是：从此开始失眠

16
深夜
他走到街边小店
吃几串烤串
喝一瓶啤酒
相当于
伏在自己肩头
痛哭一场

17
他厌烦那种
不断把自己
打扮成少数派的人
就像他早早知道的
只有懒惰的农民
才会拒绝
与好庄稼为伍

18
他从未放纵过自己
唯一超出日常规范的行为
就是醉酒后
对着黑夜空呐喊
每一次，回声都令他
后背发冷

19
总会有什么事让人发愁
为此，他使用刀子
但不敢放纵刀子
并非怕自伤
而是怕沉迷

20
万物有零
他没有
他是一
一也有零
是孤零零

21
他不伤人
也无恶念
却仍需日日
心怀利刃
才敢上街行走
才敢夜里做梦

22
人到中年
支撑他活着的理由
只剩最后一个：
他的悲观
是全人类的悲观
他的欢乐
只是自己的欢乐

23
他的天真
像水一样清白无用
他一生的辛劳都是为了
把命运染黑

24
他发现
秋风那么凉
成千上万的落叶
在寻找
火

25
只有人海的喧嚣
能消弭他脑海的噪音
这两个大海
隔着半场梦的距离

26
骑着电动车
游荡在小区周围
一圈又一圈
他没有快递可送
最后只好
把自己送回家

27
他很早就知道
人只有通过死亡
才能摆脱日常
就像一朵花的美
必须借凋落
才有机会成为回忆

28
齿岁陡增
头发越来越少
但他并不为此焦虑
他只是在理发时
替理发师
感到无所适从

29
很少安慰人
也不喜欢被人安慰
对他来说
这种情感等同于
醒来后，再次回到梦中

30
在旅行中
他终于有机会
让那个庸俗的自己
出来吃，出来走
出来站在风景的旁边
无所事事

31
镜子里日渐陌生的脸
他早习以为常
却常常被自己的背影
吓一跳

32
人到中年之后
他只在淋浴时哭泣
如果悲伤很小
就假装那是洗澡水
如果悲伤很大
全部的水都是眼泪

33
做饭时
他同情刀俎
而不是鱼肉
刷碗时他明白了
所有的不粘锅
最后都会沾满

生活的锈

34
他就是他们

他们却
从来不是他
这就是
中年的辩证法

[创作谈]

诗可能是《猴子捞月》中那枚水中月。任何有关诗歌的断语，都必然自带反证，因此任何一个追求绝对正确的诗歌观念和诗歌写作道路的人，从起点就已经失败一半了。或者说，诗歌永远无法在自身之中理解自己，尽管它完全可以自我生成。它总归要找到有关时间、历史和具体事件的凭附，水中的月亮，既需要水也需要月亮和猴子。

要理解诗，首先要把诗往小了想象——我认为在所有的艺术门类里，诗具有最核心的位置，因为它是一切艺术的本体。如果一部电影、一本小说、一幅绘画、一首音乐不具有诗性，那它的艺术性就肯定大打折扣。如果我们理解了诗，能通过想象感知、体验到诗，那我们感受其他任何艺术作品都会事半功倍。

另一方面，还要把诗往大了想象——诗包含在一切事物里，包含在我们的柴米油盐之中。奥地利心理学家弗洛伊德曾说："每个人都是诗人，但只有诗人能成为诗人。"我们也许不能都成为诗人，但我们可以感受诗。这句话里"成为"这两个字太好了，具有表现力。当我们把诗往大里想象时，可以认为每件事物都是诗，但只有诗能成为诗。

我们有着汗牛充栋的有关诗歌理论的书籍，有着永远无解的定义，但归根结底，任何一首诗最后都要回到作为读者的体验和感知上来，我们生而为人的一切，也就是诗之为诗的一切。那些伟大的诗，并不是他们采用的词语多么美妙、特别，而是那些诗中包含的诗人的情感、认知，能被不同时代、不同种族、不同年龄的人去体验和感知。可以说，一首诗在感知上就是所有诗，一个读者是通过一首诗、一部诗集去感知诗这个既是最小也是最大的神秘感。

杨勇
YANG YONG

【作者简介】杨勇，从事诗歌、小说、文学批评创作。从二十世纪九十年代起有大量文学作品发表并获奖，著有诗集《变奏曲》《点灯》《日日新》《镜中的浮士德》，散文集《纸世界》等。

短章集（组诗）

◎杨 勇

[饮酒后散步]

群星亮起来了，
投奔梦乡的小兽像颗蓝色的心，在林间冒险。
月牙，用虎口余生的另一半，在怒云里跑。
限量版的月光，留在积雪的空山，小城不宜乡愁。

[隐 现]

牛粪让时光震颤，寒林在喜鹊的羽翼下颠簸，
在冻云朵下，在山丘下，黄牛在最低的
泥土里进食。空荡的玉米地，
荒凉带来一阵飞雪，有农人给田野撒牛粪，
回报一种生机，它们总是在西风的缺口重现，
卑微倔强，偶抬头。动车的时代一晃而过。

[记 梦]

他替我找回某个朝代，敲开一扇月光山门。
打坐，蒲团如云朵动荡，他在大殿里飘摇。
青灯外立一位白发老僧，嶙峋坚定之峭崖。
“不能坠下来，不能”，我在梦里对他喊叫。
他双手合十，双目微闭，终究平稳地落定。
老僧颔首，月移树影，古寺窗棂白驹过隙。

[清明诗]

我想起波浪，攥紧的拳头挤出了空气。
爱与伤害相连，人世来往都是依稀债务。

三年隔离，缺席者重访南山公墓的浮云，
石头说话，为隔世青苔和沉积岩的母亲。

我要向一朵小花致谢，坟冢上迎风起舞，
于无声色处递来的幽香，青色了亦未了。

[写作指南]

词汇是没头没脑的苍蝇，撞击虚无的玻璃。
梦见了梦，也许破碎更好，也许绝望更好。

那些笔墨，打印机，蒙面人，刀子和匕首，
肉搏中的肉身，赶进狼群也不放进天堂和书房。

要自甘堕落，将心脏的听诊器，紧扣大地，
听命幽暗的尘世和地狱，在火焰熄灭处亮起。

[秋虫记]

落雪前，它们聚集到玻璃上爬，
在死亡降下的大幕里寻找缝隙。
每年深秋如是，这密麻麻的流亡者，
无视铁律，要拼命扒开天堂的门。
秋风起后，它们发起了坦克般的冲锋，
窗台上，苍蝇和瓢虫的干尸愈堆愈厚，
今年的埋没了昨年，昨年埋没了前生。
少数者冲进了室内，挤在墙角喘息。
我幻觉中有一根游丝，在编织网，
谁能是那漏网之鱼？谁能脱胎换骨？
神迹所显现的，越来越少了。

[复 调]

你睡过的被，重新展平了，抽掉了床单。
你穿过的拖鞋，重新摆放好，等待一双脚。
你拉上的窗帘，被拉开，你用过的杯子，
被刷洗，你用过的马桶，被清洗后轰鸣。
你离开，充满房间的你，被修辞精心修改。
又是一个全新的宾馆房间,仿佛从未存在过。
一个人的肉体,是否被活动的灵魂不断更新?
附近的医院，又有人死去了，新的还没诞生。

[写 作]

能否忍受最先腐烂的一本书，
忍受一瓶墨水的干涸？在暗室
我埋头把文字转换为彩色格式，
顺便打开电灯。光谱学无路可走，
尘土逼债，穷到黑白模式都没有萌芽。
算了，热爱一下窗外的暴风雪也是真实的。

[洞头秋雨]

夜雨淋湿大海，黑色之手弹竖琴。
车过跨海大桥，岛屿敲响连绵大鼓。
凭窗洞头漏光，东海替灯又点亮了灯，
像萤火虫翻身，梦里有大海，醒来也有。

[疗养院]

小窗框住十公里，溪流从山坳里
拆下它的白色绷带，解冻的伤口哗哗响。

提示着清澈空气，三两犬吠，像散架之书，
我减去一个命题之我，断篇残片突然奔涌。

[秋夜诗]

蟋蟀们草间弥生，悲怆的轮回曲轰鸣，
静月，这小鞋子拍打大地的惊扰，
须臾间沉沦。

[无 题]

写诗后，一首诗暂且属于你。
但，词语像笼子里小兽在暴怒，
它们要各自解开锁链，跳出来。

[骨 灰]

被推出来后，她肉身不在了。
一些碎雪，火山熄灭后的多孔石头，灰白黑。
冬天带走很多东西，每个人身上都背负着逝者。
一个不永恒的盒子，似乎承载了永恒。
刚才我看见黑烟再问青天，后来灰烟淡下去，
最后是几缕白烟，唯一的可见的尘埃。
现在，定格的骨灰和月光下的雪原一样冰冰凉。

[飞 行]

垂直中，我获得一个风筝的视角，
在云端，还被万米之下牵挂。
点点的岛屿，像陆地余味不尽的感叹。
一杯水在飞翔，它内心的静止牵挂着牛顿。
或者飞矢不动，不能逃离自我。
飞是一个否定词，它不承认自己的位置。

[连 翘]

虚实都没违反意思。春风，用肺腑吹送的
细碎小花，悄然盛开。太像迎春花了！她，
虽不是，我认为是。子曰：满城黄金甲胄。
子曰：一树黄金串子。尚武与富贵比喻，
适合残雪消融的前奏。还没有足够形容她，
久违一冬，围着她转，灼，眼神瞬间热了。
明亮如星光的小花，羞涩中没有绿裙子。
早，是真的早了点，不用铺垫便自己来了。
以致梦境简朴而荒凉，像停战前，火车站
唱童谣的小姑娘，一路天真地走过雷区。

[借 来]

野花借来绿色幽茎探出鲜艳的身子，
风借来山谷的胸襟却有点儿虚无，
它什么都想抓住，却两手空空。

黄土借来六月的蓊郁和杜鹃啼鸣，
我借来锹，借来融雪后的柳暗花明，
墓地，沉睡的母亲借来今年的白蝶一闪。

我借来小径，借来万物并作的荒凉，
种子和根借来重生的汹涌？天空借来
晦云后，大地抱住一场白雨在沸腾。

[亡母三周年记]

墓碑前，野花掩盖不住的热烈捕捉着蜜蜂之甜，
隔着看不见，我还是看见时光黑洞在卷土重来。
三年，我拔除两岸荒芜，只为心头一念的充沛，
只是今年我摆上水酒、菊花和青烟后愈发虚弱，
体内月光变淡，我是说没有多少光照耀余生了。

[除 夕]

墓碑披青衣，报上姓甚名谁。
深山戏台睡着也拥挤，骨殖，
翻身中倾听暴风雪，咿呀响。

夜寒你跺脚，钥匙扭开木门，
透开炉火独坐，沉默如神祇。
深蓝故乡，儿女的电话响彻。

曾经的都在，恍若死去活来，
旧历年夜，饭桌丰盛的果实。
空旷假装着团聚，雪在振翅。

平行时空，错位于阴阳相隔。
草根刻画着魏碑肃穆的绝句。
鸱叫，余生满眼烟花浮士绘。

[创作谈]

语言是符号，是智慧。文本首先是语言，是语言的技巧，是语言可能性中对语言难度的挑战，然后是语言所指的一切。从语言开始，它走向深度空间，譬如情感、情怀、思索、存在之真相等。

语言的秘密是写作者的秘密。在写作中，个性语言区别开了多样的世界，个性语言构成了文本肉身。我相信，作品就是写作者的肉身和灵魂，你是“谁”，你就选用了“谁”的语言来发声。你是什么人，作品就自然是什么人。在写作中过于“灵魂”和“肉身”都很可疑。前者可能会让你的写作沦落到装腔作势，空洞无物；后者可能会上你的写作滞入粗鄙，物欲横流中。语言在通过作品检验写作者的肉身和灵魂，也就是说，写作，在通过语言解决灵魂与肉身如何协调一致的问题。所以，语言一旦“在场”，语言便也有肉身和灵魂。要警惕的是，语言如果过于倾向肉身，或者过于倾向灵魂，都会失去真切的“在场性”。

语言的深度是一个人思考和创造的深度，它和沉迷于语言游戏、语言趣味不一样。那些意淫的、自我迷恋的、风花雪月的、无病呻吟的分行文字，永远不是写作。语言的自性就是语言的自由，是一种表达和反对的力量，它在永恒地引导人类。语言只承认隐秘灵魂的自为状态，而不是现实世界给它带来的紧箍。当现实世界悖离了语言生发的内在驱动力，语言就呈现出挑战者的姿态。如此，语言便是直击现实幽暗地带和盲区的实证，这种实证是艺术的，也是审判式的，它经写作者本身弥漫开来，扩散成人类整体的存在与启蒙。

我喜欢用诗歌来向语言致敬。诗歌语言宛如最古老的一种致幻术，它经人的感受和想象力在肉身里发酵，弥漫人的肉身与头脑。一首好的诗，不会让人发疯，而是让人的肉身愉悦，引发冥想，更深地向自在观的澄明（观我和观物）前行。

非常现实

Life And Poetry

人一孤独就开始写信（组诗）

◎宋志刚

【作者简介】宋志刚，生于1969年，长沙人。二十世纪九十年代开始诗歌创作，曾参加诗刊社第16届青春诗会。作品发表于《诗刊》《草堂》《星星》等，入选多种诗歌选本。

[墓志铭]

一把拔出一半的利刃，几十年没有见红
现在，只是命运
把他重新插入大地这把鞘中，
知己者能看见
日出的时候，刀柄仍有轻微一颤。

[几封信]

人一孤独，就开始写信。
远方的朋友还没收到
天空就收到了
紧接着，神也收到了
还回了几颗尘埃，一桌子月光。
还有些信继续向前走，
现在不知道到了哪里
是不是被时光寄回来了？
我们伸着脖子也只是
远远看见
那座坟，耸了耸两旁的松树。

[读一首诗]

一根树枝奋力推开薄凉之物，开花了
心站在上面

倾斜之物，颤抖着。
但发出久长的韧性

像世界上最后的一长串抖动，
从一张白纸上，飞了出去。

它的前世没过，
就到了今生。
这时，天空刚刚被它孤零零的喊叫，撕裂。

而湘江正抱着宏大的旋涡和波涛
向北闲聊过去。

在第一百零四个字，找到穴位。

[湘江望]

大江平铺直叙惯了，拐弯
反而更有激情：
长衫一甩，波浪的皱褶里露出绕指柔。
岸上的几个人，指指点点——
漩涡不是害人的，是装故事的
且深渊至美。
从衡阳到长沙，桃花朵朵
危险的红，只是命运中的意外。
此刻，你卸下城府，它留下漩涡。
我看见了一碗水
倒进了人世干裂的咽喉：
那些危险的美人，
背着深渊，
前半生和后半生在这里握手后
各自分开。
而我们望着对岸的我们掩面而泣。

[雨夜忆友]

这应该是他从体内掏出来的高压线
接着掏出闪电，然后是雷
你的旷野啊，那么多爱的人四散奔跑
你的那么多泪
湿透他们。
一大片旷野，回到体内的时候
你正在给我写信，正面或者反面
都宁静如昨夜。

[体 检]

医生说，从X光下看过去
那一根根直立的应该不是骨头了，像白银
一点也没生锈

他乐呵呵地穿起衣服说：
那是痛苦
它撑着肉体，从来不变形。

还能看穿什么：血管正在它的周围入睡。
像二十年前他梦见未来的一个瞬间。

一个人在医学书上，不断回顾出生到死亡
其实，医学书上什么也没有
它们早已跑到我们身体上潜伏起来。

多少年后，一把手术刀会在
一块悲伤上找到它们。

[此 行]

我们此行，只是把群山踩一遍，然后
把悲伤运回屋里，
有时候月光是运输工具，有时候
另外几个人也是
此行，也是彼行，分不开的
岔路口，红绿灯
像命运的眼神，
绕过去，绕过来都能看见自己的背影。
我们此行，最后落脚点，是医院
也是我们出发点。
此行，骨头和肉，都会留在那里
只有文字被折叠在白纸上
只有微光，有时候翻开他——
嗯，此行遥远，就此别过。

[偶 记]

天空有广阔的同情心
尤其之于陡峭，边缘，深渊，它都弯腰以躯体
来深刻抚慰。
嵌于孤独之中的肉身
也得以开阔，明亮之视野，
山川横陈，得以阳光，暴雨，闪电之语言。
而此行山高水长，
我在那里先慢慢卸下
一座雪山，一场雪，一朵雪，一个深渊。
然后像最静的废墟——
里面的初生，成长，死亡，正在按你的要求排列。

票根突然把我惊醒（组诗）

◎许 仲

【作者简介】许仲，江苏泗阳人，中国作协会员，作品发表于《诗刊》《星星》《绿风》《扬子江》《上海诗人》《北京文学》《中国诗歌》《钟山》等，入选多种年度选本。长诗《一个钢筋工的单人舞》为江苏省作协第六批重点扶持项目。出版诗集《把苏北贴在胸口》《时间的令旗》等。曾获首届“中国十大农民诗人”称号，《中国作家》第二届郭沫若诗歌奖等。

[还没到家]

儿子帮我设计了回家路线图
标注了出发时间，途经某地某城
可能会发生的受骗迷路与丢失物品多发地
标注类似 2002 年那样的艰难与落魄
苦涩与亡命之旅

那张早已走完旅程的车票
至今还握在我的手里
我不敢松手
我怕那年的故乡突然就会丢失
那年我伤得太重差点回不了故乡

那个折磨了我四十年的地名
曾因贫穷而不怀好意地把我赶出家门
她用贫穷落后与饥饿一再警告我性命攸关的措辞
因为我爱她，我忍了她
因为我属于她，我离开了她
直到 2020 年，我们还因为生命中的未尽事宜

把对方相互攥在手里
咬着牙，谁也不愿松手

现在，我把她有价的里程
贴在异乡冰冷的墙壁上
静听她有过的车轮滚滚
在午夜的头顶伴着我孤独的心跳呼啸而过
静听她带着故乡的音讯
碾压我归乡的新梦

我有很多心愿
归去是一个，归还是一个
这些都是永不能完成的任务
我那被推土机推倒的破旧堂屋与前屋
如这张完结的票根
总会在某个时辰
突然把我惊醒

[乡村来信]

桃花开过麦子就开始打腹稿了
三月天无非就是回看冬日的伤残照看春天的生长
屋前屋后的闲暇时光
是母亲亲手制造的想念
那里的阳光，写满乡村物语
天书卷卷，夹着燕语呢哝
这些亲爱的事物
让曾经的记述，那么翔实，板结

歇工之时，故乡云就捎来家安的口信
孩子都好吧
他这日又在村口张望没
母亲嘱咐儿媳一定要写上一封
寄给有儿子在的南方
那些琐事适合吗

那些叮嘱可以省略吗
母亲说，都要写上

知道那些书信还在
旧时光被捆扎在房梁上乱了字句
知道那时有好多话没有说完
知道 1993 年的家书
详细列出的农耕费用孩子衣食与人情往来
没有一样是为穷苦的你自己花销的

母亲，媳妇，你们苦苦等待的未来
是我今天这个样子吗
我配得上你们的等待吗
你们始终爱着的这个人
至今依然离家千里
他正愧疚地对着家的方向

[阿 炳]

这偻行之身，寸步天涯
比影子更难的人，你慢点
身前这点光，仅够温饱
你属于广袤人间，不能享用

竹杖点痛大地
弓弦是笔，你写下悲歌
这倒流的泉水，蘸着月色
在低音区反复哽咽
越街而去的不是寒夜的风
是人世黑色的苦痛

命运带你走过的这条路
是高低起伏的坎坷琴声
你见过的美好是二泉捧出的明镜
日出日落就是一曲终了

阿炳兄，江南有不灭的烛火
随你出入
他们赠你的三分明月，你收好
趁这微光
你好赶路

[躲 藏]

音韵隐于雁尾
凄厉近似高亢
荒原之上，是领头雁
拉开时间的拉链
任由秘密在光影中泄露时间

独影留下的日光
扫描倾斜文字
风声，阅读了最末一行

太辽阔，我听不清你
端坐对岸的哭泣
光提起银白快刀
打散我们尚未抵达的马蹄

端坐苍凉之境
隔岸有我求证已久的广袤人间
每多看一眼
莽原就多了一分暗淡

人世间（组诗）

◎余洁玉

【作者简介】余洁玉，80后。广西贺州人，广西作协会员。作品发表于《草堂》《星星》《民族文学》《诗刊》《诗潮》《飞天》等。出版诗集《云上的沼泽》。

[落在电线上的鸟]

高度合适，最佳观测点
一只灰鸟落在电线上，一动不动
还好，它没有认出我
这个也想飞走的人，三岁才会走路
二十六岁写诗，没去过珠穆朗玛
不知道雪山是否有神
没骑过马、赶过羊。夜里多梦
醒来却身无着落
不该爱上一个虚无的人
不该对镜梳妆，梳着梳着就哭了
当我抬头望去
鸟儿已经消失，我不敢承认
其实一切都是空无

[杀 鸡]

一碗水端平，现出
隐藏的刀锋。没有谁
可以躲过去
我们都是这场屠杀的
见证者。被切开的喉咙
放出欢快的歌声
倒地，扑腾，被缚的双脚
又往前蹦跳了两步，气绝

我也挣扎着，移开了视线

餐桌上，说残忍的人又多夹了两块
送进嘴里，一边谈论
即将奔赴刑场的刽子手

[病中记]

病中的身体，抱着高烧不退
以为就此可以进入
想象的世界：一匹马驰骋于
黑夜，马蹄下的坚冰
只为声音所破。下坠的过程
我只听到了，自己的惊叫
四十年了，我仍然不会游泳
像一只旱鸭子，遇水则逃命
幸好我及时醒来，伸手摸到了
墙上的开关，突然的亮光让我
睁不开眼睛。别急，我还要在黑暗中
多待一会儿

[我]

我有时是水，水穿石头
自损三百
有时是朝露，去日苦多
却爱上阳光的气味
一生太短
一生又太长
能想起的都是故人
我是时间的兵马丢失了城池
是三月的桃花送别了春风
更是无边的荒草，在等待野火
是一朵孤愤的云
一不小心走下了天空

[人世间]

群山之中，借一道溪水
洗去浮尘。人世间
没有什么值得争吵
不过是草木一秋，你看满山红叶
迟早都要落下，隐姓埋名
作为后来的人，我也曾有过一念虚荣
奔流中击水，溅自己一身的浪花
或追逐于人群，非得扎满荆棘
才知道疼痛，并安静下来
如今我已年届四十
仍感心中有惑，日渐放大的悲伤
是今年又送别一位至亲
前日他托梦给我：漫山鸟鸣
坟草青青，甚好，甚好！我也就不再纠结
不论一生长短，总有相聚的一日

[寒 潮]

寒潮突降
大地一片瑟缩
狂风在玻璃窗上哭号
许多鸟雀躲远了
我没有什么好怕的
第三十九个冬天，我只是多了一些霜雪
和闲下来的意思
喜欢养花，但总是把花养死
喜欢钓鱼，却总是空手而归
我见山拜山，遇水蹚水
对于人生中的第一根白发
也能祝它好运
无论怎样，第四十个春天就在眼前
这一场寒潮，只不过是
与命运的，狭路相逢

新乡村笔记（组诗）

◎曹利华

【作者简介】曹利华，湖南岳阳人，出版诗集《大地之衫》。曾参加诗刊社第25届青春诗会，2010年被中国作协诗刊社、星星诗刊社评为「首届中国十大农民诗人」；曾获蔡文姬文学奖、汨罗文学奖等。

[芭茅花]

固定在岩石缝里，
那么坚硬的岩石，茅根如闪电伸入里头。

没有模仿岩石铁样的表情，
叶片勾勒出岩石另一张柔情的脸。

茅籽没有长成另类暗黑的石头，
岩石里开出的花，竟有如此生动的工笔。

从山坡走上去，
随处可见芭茅家族摇曳的身影，
宽大的叶片犹如旗帜下雪片般飞落的誓言。

透过飘拂的花束，可以看到，
一只烟囱伸进云端正在洁白的纸片上素描，
茅花淡扫楼顶的灰尘，
并过渡到远山淡雅的脊梁上，

这使我想起：成群轰鸣的机器，
蹲守在灯光辉煌的车间，粗壮的螺丝，
像茅根，扎进比岩石更硬的地板，
而那些落满灰尘的人，
倚靠机器，开着花，芭茅花一样的花。

[茶毛路记]

从桨声与鸟声交叠的毛姓渡头，
到茅草遮掩的路口。

我记起卵石凸起的路面，
颠簸的车轮像木鱼在唱歌。

一面古庙前飒飒有声的国旗，
和一溜聚宝盆烧出的青烟。

一块新挖的无限开阔的基地，

黄土突然醒来，吐出一口千年的闷气。

人造的风暴比海洋的风暴更厉害，
旋起工地上的无数头盔。

光线揭开林子崭新的面孔，
也揭开深幽的鸟鸣。

翻新居民楼的脚手架，
竹子的肌肤闪着诱人的光泽。

紫薇佩戴落日射透的药袋，
一如蛙棚被余晖涂鸦的光亮。

打路的人，在池边腾起水泥的灰雾，
像两颗泪珠，含在我的眼眶里。

花坛前，交叉的短竹篱笆内，
小花变幻着落日的倩影。

翻新的人工河换上乌亮的瞳孔，
还有遁迹而去的茅草和茶园。

居民小区反射宁静的光辉，
住进林子和鸟语，犹如走进画廊。

一种命运使他们像路屈服于草，
另一种命运使他们如草让位于路。

[旋耕机]

需要翻读，才知晓一块土的脾性，
用歌颂或赞美，靠近，
反而离它更远。

翻读土地，用锄，用犁，
用旋耕机满嘴的牙齿，都不是目的，
越过飘满花香和虫声的土地，
才能读到初心。

一台旋耕机粗鲁，不乏豪迈，
像碎泥狂吻脚趾，拥有广阔如海的泥浪。

它是伙伴，来到土块们的缝隙间
呼吸、铡烂、与之荣辱

穿过宽阔的田地，
跪在田边。
——回忆起劳作的孤独。

土地的外壳，碎裂，重新结为整体，
——傍晚归来时沉重的脚步声。

[收割者]

收割者具有深入的勇气，
加入作物的组合，
与之整齐地排列一起。

凭借一部收割机，闯入秋天的方阵，
独自在宽衣解带的田地，
割下孤独。

许多人不再躬身，
退到田埂之外，
只有收割者隐身在机器里。

秋日的一把刀，
自机器体内伸出，
蝴蝶和穗子，舔食刀口的香。

所有收割者都有孤独的品性。
收割机沾泥衔草，扬长而去，
履带留下又宽又深的槽，
而收割者独自嚼碎，
——秋日无边的空阔。

人间发声学（三首）

◎陈　赫

【作者简介】陈赫，河北邯郸人，现为地方刊物《陶山》杂志编辑。作品发表于《诗刊》《星星》《扬子江》《诗潮》《四川文学》《骏马》《中国青年报》《人民日报》《光明日报》《北京日报》《解放军报》等，入选多个年度选本。著有诗集《再摘人间》。

[你好，亲人]

我们再也不敢跪拜
怕溅起的黄土，刚好压住沉睡的亲人

我们再也不敢焚香
怕溢出的味道，刚好呛到沉睡的亲人

我们也再也不敢诵经
怕呢喃的声响，刚好聒起沉睡的亲人

我们再也不敢哭泣
怕挤出的泪水，刚好淹没沉睡的亲人

我们再也不敢，来到他们的跟前
怕他们突然高声地说
你好，亲人

而那时，
我们都是无法返乡的人。

[大风在先]

我很少再说起睁不开眼的事物了
沙粒，炊烟，或者母亲床头的那盏灯火

我很少再提及春天里的提心吊胆了
风平，浪静，或者夜晚仍在行进的列车

我很少再看见造物主还在跪着的时候了
一个又一个的出生，又一个接一个的落寞

我很少再能
写完一首超过八行的诗歌了
日光盛大之时，万物逐一浅薄

[悬空术]

走钢丝的人，妥协于平衡感的束缚
不敢放手，于一支无谓的木棍

杀鱼的人，屈服于疼痛感的束缚
不敢快刀，于一片无谓的鱼鳞

掘墓的人，敬畏于一抔黄土的沉重
不敢越过，于一条无谓的边界

我是信佛之人，不敢把一丝污垢
沾染周身，于一道所谓的空门

最青春

Younger Poets

三种及以上的生活（组诗）

◎宋憩园

【作者简介】宋憩园，1985 年生于安徽怀远，现居上海。2014 年获深圳睦邻文学奖，2021 年获第六届扬子江年度青年诗人奖。曾参加《十月》杂志社第五届十月诗会。

[婚姻]

像梦里，悬崖到处都是。
你不断跳悬崖（或类似悬崖），跳入光亮。
它有轮廓，因为亮着，不能确定其深度。
每次跳完，你又从里面升上来
继续跳，变换姿势跳。跳过来跳过去，
死不了，跳崖的恐惧明显如初夜。
现实中，你不该这样操作，即便二楼，你都颤抖
如某种临危的小动物。有人不信，在桥上，在楼顶
在树上，跳下去，死了，我为这些死难过。那么难过。
比较梦境和现实是没意义的。它们没尺寸，可是
谈论一尺、三尺、六尺却是有必要的。
相较而言，我喜欢游离之物。你有忧伤，我也有。
忧伤突然显现，像感到幸福那样
进入醒着的洁白。在十一月初的清晨，我感受最多的
是内心的悬崖。陡峭而且芬芳。现在，我们坐在这里。
并不多话。在野兽的眼里跳过来跳过去。

[三种及以上的生活]

放下电话。
注意到
墙上的插画《一头大象没头没脑
在院子里跳》（非此即彼）。
我坐在沙发上，静默如螃蟹。

沙发是二手市场淘的，
房子是刚租的。
之前租客是小情侣，此时
我想象着他们以前的生活以及他们面对
这幅画时的想法，猜测更早
的房客长什么样，并虚构
我们在同一间房子里。

环顾四周，房子只我一个。
在手机上，读一位美国
诗人，他叫
奥哈拉。我喜欢他的诗。
奥哈拉 1966 年死于车祸，40 岁。
我想起一位春日死去的哥们儿。

他死后，我也抽上南京牌香烟。
红的黄的蓝的绿的灯光闪烁，
好像他又来到我身边。

“我不信没有另一个世界
那里我们将坐在一起”——
我默诵着奥哈拉的诗句，
我们从未如此亲近。

写作让我得以舒展开来。
当我写下这一首诗
的这一句时
我分明拥有了另一个身体。

[星期六早晨六点]

很多次我们从床上先后醒来。
我醒来时，你多半倚在窗边，拉开
身体那么长的窗帘，抽烟，沉思。
我叫你洁，你有一身
洁白的忧伤。那么白，那么安静。
烟出自你的红唇，也出自你的内心。
烟覆盖了清晨的白光，以及
房间以外的那个世界。
人们叫它外面的世界。这一刻，
我渴望生命停滞。黄果树瀑布般
戛然而止。白水漫过晶莹的早上六点。
我愿做躺在白色被褥里的病人。
如果我病多久，你的美就多久。
我愿这样，向着墙壁被倾斜，被重塑。
悬在墙面的液晶电视，巨大的黑暗。
在这一点上，我们极其相似。我想喊出
一些卡在喉咙里几十天的话。我憋住了。
我必须为这些时刻做些什么。
毕竟我先从床上醒来。
我抚摸你，抚摸睡眠。
在手机上敲一首疼痛的诗，我命名它为
“星期六早晨六点”。万物和以前一样。

[万物为我们打开]

我们喜欢人散去的空地。
我们抽身出来，将身后的喧嚣
打结，关在古城墙之内。昏暗中
东山寺寂静，我们敬畏寂静。
作为一天的说明，转而登东山。
东山无人，我们接近植物。
植物遍布山坡，仿佛笼罩。太阳西下
将现实的锋芒隐藏。我们谈及死去的亲人
和朋友。他们化作星辰，照看宇宙。
我们是山上唯一的人们
石头变成石阶，将我们送向高处。
风逐渐冷，打开身上河流的阀门。
我们流淌，向上流淌。山下灯火，变小
变急促，变模糊，变成一丁点
辽阔的远处。没有比这更好的了。我们一会儿
手牵手，一会儿一前一后，在不同的弯道，
我们有不同的姿势。和不同的植物
握手言欢。山顶上，万物为我们打开。
这是山上的我们，不为山下所见。

在水边（组诗）

◎丁东亚

【作者简介】丁东亚，生于 1986 年，祖籍河南，现居武汉。有作品在《人民文学》《花城》《钟山》《山花》《上海文学》《天涯》等期刊发表。曾获第七届湖北文学奖。

[乡野之夜]

磨坊早已废弃，半生游走的人在门槛上
坐着，听风吹枫树：哗哗哗——嚓——
月是人间的灯，照着山野与故我

今我是云上的采盐人，想要在这个春天
去街头叫卖
那些收进罐子里的鸟声与星光

谁也不必嘲笑凉夜招来的幻想，像流水
自有它的曼妙；也不必惊异
我不在这个时候爱你，也不会为你所爱

[读信人]

女儿在这个春天给我写信。字体歪扭
仿佛来自远古时期
“爸爸，你好吗。今天我在美术课上
画了一 fú（幅）画：《我们一家》。
我把它送给爸爸吧。”

她把那封写在餐巾纸上的信送来
我正在书房读《哪吒》。作者：溪淞
1947 年生。小说里的太乙白发披肩，坐在
柳荫下，九弯河里有盛开的野生莲花
女儿把信放在桌上，羞涩地转身跑开
头顶的羊角辫，像极了割肉还骨的哪吒

我在春日傍晚读信，欢喜，落泪……
“小哪吒”此时立在门外，乖巧地等我
回信，四月的蝴蝶飞入了湖畔的花丛
她有蝴蝶一般的自由，淘气有度，我无须
惊怕寓言里的悲剧，愿她若莲之香远益清

[少 年]

少年坐在河边的草地上，眼中有光
光是阳光，落在河面、野花和抽穗的麦田上
口袋里的小石粒，他一颗颗掷入河中
清脆的声响在风里迅疾消散

正是下学时刻。孩子们蝴蝶一般
飞入了亲人的怀抱
牧羊人训斥离群的公羊，抽打空气的鞭子
噼啪声若炮仗
闲云在天空飘移。鱼儿在水下嬉戏
生命的况味是一根绳子，系在梁上
死结里套着少年舅舅白皙的脖颈

少年坐在河边的草地上，泪光闪烁
埋棺人用铁锹铲起湿土，孤鸟从水面飞过
我们爱过的众生安眠在他者的怀抱

[雨中的鸟]

松枝上避雨的鸟抖动长尾，叫声清亮
雨中人的悲伤里有令人不安的风暴
这是四月的清晨，野芷湖平静，一如往常

他爱过和被爱的人从雨中走来，衣衫鲜艳
像记忆里她们柔唇留下的红印，一枚
雨水冲刷不掉的标识，爱情的震颤与余味

雨中人在伞下，想象雨中的野花在歌唱
雨中的鸟飞去了一株垂柳树上
他们多么相像，看尽了山河、落日与朝霞
而往事迢遥，雨中人无家可归

[在水边]

雪落下时候，孩子们在街巷里
玩追逐游戏
梅花在盛放。上山人的悲伤在水边

有时候你必须相信，做一只乌龟
是幸福的
死了有人将它安葬，坟茔面山朝水
寄托灵魂的疆域
有荒凉的稻田、山野、芦苇丛
还有孩子们不为人知的苦与乐

雪落下时候，悲伤的人在水边
他们把木铲放入水中，流水带走两岸

[风与烟与麦田]

老头蹲在门前，夕阳普照着豫东平原。烟，
是小卖部里最廉价的一种，胃里是前一天的剩饭
风吹着炊烟，吹着他的白发与麦田
五月的金色在他的叹息里翻滚，有惆怅的欣悦

儿子们像羽翼丰满的候鸟，飞去了南方
电话里看不见的脸，他在记忆里反复回想拼接
大儿子与小儿子声腔近似，他时常喊错名字
武汉、苏州、上海，每个城市在新闻联播里出现
他和老伴都认真观看，三座城里
有他们辛苦养大的三个早出晚归的儿子，有他们
无法入睡的苦难：雪灾、洪水、新冠肺炎……
雪片是梦里尖利的白爪，水是猛兽的红舌，病菌
群蝇一般，在亡灵的哭声里嗡嗡扰叫
身躯是他们的，但那时他们已越过山川与湖泊

老头去过儿子们所在之地，在那里出卖低廉的体力
从不出现在任何一个的家门
大儿子与他太过相像，孤傲、刚毅、心思细腻
孙女已近六岁，他只在她百天宴席上见过一次
小儿子有二女一儿，二儿子有两个男孩
五个小家伙秉性不一，乖巧的温顺，顽劣者难缠
仿佛养育是他与老伴此生的劫，苦也甜

老头又点了一支烟，风从他的眉梢吹过
风吹向左边，老伴从屋里端出做好的饭菜，夕光
落在他黑瘦的脸膛
风吹向右边，吹着村庄与大地，豫东平原金色一片
“今年哩收成应该还中。”
“想这些干啥，吃饭吧。”
孩子们在院子里嬉闹，聒噪是无解的丰盈与光

青草美丽在于露珠的短暂（组诗）

◎吴子璇

【作者简介】吴子璇，90 后，广东汕头人，广东省作协会员，现为惠州经济职业技术学院教师，《隆生》（双月刊）诗歌编辑。有作品发表于《少年文学》《诗歌月刊》《诗潮》《草堂》《广州文艺》等；曾获东荡子诗歌奖·广东高校奖，著有诗集《玫瑰语法》《云端花事》。

[遍地开花]

爱的盲目一直遍地开花
尤其在春天遥遥无期的日子里

我们度过的任何岁月没有一个春天迟到
也没有一个冬天流连忘返
我们甚至对自己的生长也用不上一点劲

我是美好得面目全非的人
我是笑起来整座山林都会摇晃的人
我是哭起来整个春天都会下雨的人

把我眼里所见的春天给你
此时微雨润湿了清晨，鸟鸣在枝头跳跃
风吹乱了发，风知道怎样把樱桃吹红，怎样把一朵花的腰肢吹软
流水急切，草木如沐，有小屋，如一只湿蝶，斜落在山上

[读陶渊明]

爱一个诗人，就要爱他的诗
爱他在尘世没有低下去的头
爱他不为五斗米折腰

爱一个诗人，就要爱他隐居山林
就要爱他饮过的烈酒
爱他的疲惫、愁容和眼底的忧伤

爱他以贫穷为傲，并相信他终将富有

[小餐馆]

在温暖的晌午，小餐馆散发松树魂魄的清香
一生中很多时间都浪费在写诗和恋爱上
忘记了还有灿烂的阳光

我看见青草的低矮，它的美丽在于露珠的短暂
这不为人知的晃动与晶莹就要落下
我与你，草与土，世上万物其实并无不同

日子之于飞鸟，之于流云，都是传奇
站在某个边缘，万物都是安静的存在
宿世的愿景赫然其上：世界很美，而你正好有空

[烈日下的鹰]

你不该把我一个人留在这里，不该
忽然销声匿迹。你不在的日子
就是你真正存在的日子，但这不是爱情

一只鹰从头上掠过
也许它在寻找一个洞穴，用来安身立命
阳光把墙照得明晃晃的，这世间
没有阴影可以藏身，没有一个角落安稳

命运像水流一样把我冲到这里
我浑身酸痛，泪水全无
电话中我们不谈爱情，不谈生死
只谈一切严肃的事情

[回不去了]

那时候，夏天的泳池闪耀着光
水波荡漾
温柔地拥抱光滑的身体

那时候，少女坐在阳台
双腿在半空轻微摇晃
夏风里有着欢声笑语

那时候，活着多么美好
活在阳光下，活在月光里
在我左边是万物主人
我是他啜饮的生命之杯

现在，我穿戴河流
踮着足尖走在玻璃桥
我抬脚、旋转，尚未跌落却惊恐万状
身体时而在山底下匍匐，时而在空间里飞

现在，我喜欢黑夜
黑夜里有看不见的命运
那黑夜里的石头，长时间沉默
月亮的脸像重病的寡妇

一生的照耀（组诗）

◎蒲永天

【作者简介】蒲永天，笔名雨杨，1984 年出生于甘肃临洮，甘肃省作家协会会员。作品发表于《诗刊》《星星》《飞天》《中国诗歌》《绿风》《诗歌月刊》《天津文学》《延河》《红豆》《作品》《甘肃日报》等，入选《2017 中国年度诗歌》等。出版诗集《爱飞翔的树》。

[月亮贴]

发烧的小城，凌晨之后还在歇斯底里
那一串串无关梦呓的嘶叫
那耀眼的彩灯，装饰空中
而星辰模糊。寒冷在轻抚着水泥楼房
夜空中闪烁的事物，充满血丝
在楼房与楼房的夹角，残缺的夜空
一枚月亮，像一枚巨大的止痛药
贴在梦中发烧的额头

[与路边树说]

从春到秋，如同洮水河畔的一只鸟儿
未硬的翅膀被牵扯，随着树的阴晴圆缺
转换着羽翼的颜色。新叶初露，阳光毛茸茸
绿荫遮蔽如水，世界清凉遍洒

阳光被筛碎，那是冗长的夏日午后
长梦久久未醒。树下的世界清晰而梦幻
一只蚂蚁在叶面上摩挲
我总是从悠长的林荫道上不断穿越
回家之路，上班途中
这些吸足光线的树木，成为散在空中的光源
多么温暖！照耀秋后的林荫道
黄昏之际，一种突然的明亮久久不散
温暖的时光犹如一生那么漫长

[一生的照耀]

天还未亮，赶着又一波寒流
出门。身体中的暖意，从掌间
捏得越紧，散失得越快
抬头之际，忽见一颗明亮星
伴着那弯新月，温润如玉
清晨的光芒，丝丝缕缕穿织心间
大街上，中年清洁工把落叶
连同夜的碎片，拾掇干净
穿梭人群，有一条鱼饱受干涸
裹着尘埃的身体，匆匆赶往下一站
那四季的树影与鸟语
擦肩而过，我的感官七分麻木
三分敏锐中忍住痛苦
脚步落下时，一群灰麻雀
腾起一片灰色的云
当独自低头，寻觅大地上别人的遗漏
内心惶恐何其相似
那窗口亮起的灯亮，九十多平方米领地
有八个月大的笑脸
犹如永恒的太阳，将照耀我一生的时间

[初冬的鸟鸣]

隔着薄雾，鸟鸣如针
引清脆之流，串起河畔清晨
身边的旧事物，深陷记忆之中
不可捉摸。大地吐纳了一夜
此刻，白霜竖在嘴唇
嘘——静默的力量
寒冷的刀刃，触手可及
当鸟鸣声以欢悦钩织新的一天
昨夜忘记回家的星星
闪烁在小城普遍静谧的时刻

[葫 芦]

一只老葫芦，作为工艺品
高高地搁置在博古架上
它来自哪里？已不太清楚
当九个月大的孩子把它作为玩具
我才注意到它成熟的金黄
腹内空空，其间的苦却是那么强烈
被我偶尔含在口中，良久不散
一颗葫芦心怀良苦，站在高处

一场明亮的雨水（组诗）

◎王谨宇

【作者简介】王谨宇，黎族，生于 1987 年，海南陵水人。中国少数民族作家学会会员，海南省作家协会会员，鲁迅文学院第 37 届高研班学员。作品发表于《诗刊》《民族文学》《星星》《世界日报》《中国民族报》等，入选《新时期中国少数民族文学作品选集·黎族卷》《中国诗人年度诗歌选集 2017》等年度选本。著有诗集《那个向命运索取月光的人》。

[一场明亮的雨水]

河边浅滩，密布着
歪斜的旧时足迹
有时闻见
一些腐朽的气味
自上游而来
有时空无人影
更多时候，芦苇轻微摇动
它一生都在等待
一场明亮的雨水

[从海边归来]

从海边归来
很多事物
不再博广，宽厚，野性
不再带着疼痛的决裂
在尘世
只有大海知道
我的内心有多么澎湃

[反 复]

在故乡，有些花一年反复地开
有些树一年反复地绿
有些人沿着固定的路途，反复地走
又反复返回
像海水和天空一年反复地蓝

夜里，灯火会反复亮起
习惯于飞翔的事物
也会反复入梦
像此时，我在异地他乡
反复被乡愁击痛

[下午，或苍茫]

一个人的下午是苍茫的
他的言谈举止，内心魂灵
也是苍茫的
像大海，像流云
像暮色圣洁的肌肤

在野外，他把自己看成
一个虚无的字词
就这么躺着，仰慕山水
然后等待一场风来把今生吹乱

[月光反复撕咬着黑夜]

月光反复撕咬着黑夜
窗台上的落叶
离开鸟群栖居的树木之后
无人问津

从野外吹来的风，又卑微地吹向远方
整个秋天，我无法抓住
夜色中柔软的部分

在尘世，总会有一个去处
归宿般收纳
那些行将消逝的事物
像大海安顿渔船的灵魂

中坚
Major Force
Cao Tang

你的心自带星辰（组诗）

◎胡 澄

[穿越黑暗]

黑暗深不见底
但你的心自带满天星斗
世界明暗闪烁
你只是翻到了这一页
你一定要读下去
路本来漫长、曲折
有一些山注定要拎起钢钎
炸药包，凿通隧道
还要在隧道里点上灯
有一些黑需要我们挖出来
放在炉子里燃烧
有一些阴面需要转动一下
让光透进来
我们的心可以扩大，再扩大些
漫过国境线
漫过爱恨情仇、是非恩怨
漫过一切事物的边界
将白昼和黑夜
平原和山冈以及坑道、江河湖海
人间、非人间
整个天宇，以及群星
统统包进来

[溶 洞]

内蚀
最坚固的部分
一点点松动
一点点地变脆
成齑粉
与水相溶
变软

有了最初的空隙
狭窄的容身之所
不错，一个好的开端
聆听，流水
在内部发出清脆的回响

最艰难的莫过于
以自我溶蚀的方式
凿壁偷光
漫塑奇异的内宇宙
瑰丽无比的啧啧惊叹

别停下来
直至取消所有的质碍
融入无际的虚茫

[抽去那根竹竿]

回头，望来路
有如黄河入海口
望壶口瀑布
多么好啊
来到了平静的宽阔处
落日那殷红的浑圆
似乎留恋
又似乎决绝

几十年的人生
最伟大的进步是抽掉了
一切虚幻的竹竿
从此，独自站立

[在孤独里]

一个核，一个道场
一座庙宇

在自己的核里静坐、冥想
眺望星空，躲着尘世

在一个核里裂变、瓦解
从有化无、日趋成熟

在一个核里寻找大门
重回尘世。一滴悬空的雨
俯身焦渴的唇舌

[剥橘子]

剥到了酸、苦涩、泪

终于有一天
当所有的青涩都经过了
我们会剥到一点点甜
一点点对饥渴的疗愈

但愿我们继续剥下去
剥到了橘子的来路
顺着它的路，我们找到了水
土壤、空气、阳光、雨露和栽种它的双手
我们会发现一个橘子的来路无穷无尽

继续剥吧
就这样剥下去，我们会找到它的祖母、祖父
和无穷无尽的兄弟姐妹
天下的橘子都是它的亲人
（如果我的血缘追寻到千代以前
会到哪儿呢）

请别停下来
最终我们发现
橘子只是诸多元素和合
再一次地，它回到了无形、空

或许，它会借着一颗种子
再次显形于金黄的浑圆
或者被命运的虫子叮咬
或经不起风雨摧折过早地凋落
但不管怎样
它仍然只是一些元素
粒子而已

[这一期的生命]

我的身体
像一件衣服慢慢穿旧
如何脱下它
是一个问题

同时作为门牌和标签
我的身体有恩于我
通过这个身体我爱世界
世界也将爱不停地投递到这个门牌号

迎面相逢
我们没有理由不拥抱
多么好啊！拥有人类的手
我要用这双恩赐的手
抚摸短暂幸存的事物
替没有手的族类的母亲
抚摸一下它们的婴儿

[最后时刻]

突然间黄昏变得明亮
半个彤红的夕阳
带着它辐射的光辉
从云端露出来
原野上的一切都镀上了金边
幽暗中的树突然金光灿灿
叶子仿佛要飞起来
淙淙的小河
半边彤红，半边绿影摇曳
云端传来祥和的唱诵声
许多雀鸟起程，飞往远方
母亲就在这时，悄无信息地
合眼。迁居他方

[得无所得]

在我心里扎根、纠结、堵塞的一切都消散了
爱和恨完全平等
我和非我，同样不在心里
空无一物
仿佛从不在世间经历过
但正是那些让人生不如死的苦难
教会了我——
徒有其表。我的本质是
一个影子，在世间这个舞台中
一个影子必须遵循自己的命运轨迹
依然是一米五的残躯
但我真正认识到了
那是一个影子。从此
我拥有了一个影子的轻盈和平静

第五级台阶（组诗）

◎王学芯

[第五级台阶]

掠过所有道路
跨上第五级台阶　投射出安逸的影子
被一至四级台阶拖曳过去的岁月　落入
沉寂　光线斜倚在气流里
曾经敏捷的脚　速度似乎胜过一切
鸟的尖喙
闪耀独独的夕阳
带走了记忆里紫藤石楠苜蓿许多花朵
心跳变得缓慢　朋友们聚在微笑的经历中
说话声音轻柔地减弱
上升的年龄一大片一大片失去云朵的轮廓
留下阶石上熔岩清晰的纹理底色
角线上飘远的城市
隐没铺金的街道　新陈代谢的树木
使衰老的一分钟回眸
献出了全部的目光
而空气里相互感应的长腿
再次过来又过去　明确的迅捷变化
仿佛都在这一刻
每一个六十岁到一百岁的人
跨着愉快一步　迈出艰难一步
照应着生存意图中的疾病伤害
并在试探的声音打断黑暗之前
重复三遍以上的幸福
趋向一次
无痛苦的无止境的收拾好的
神圣时刻

[老紫藤树]

老紫藤树一个位置
或一次开花　未来还有每年的绽放
虬枝总是盘干　劲节让人不得不
保持敬畏
六七十年的躯体　树皮秃净
摸上去如干燥像有静电一样的触手
阒没声音的花瓣　落向沙　蒺藜
覆盖粗糙的和如丝那样柔软的青草
在穿透青灰色黄昏时
吸收一枚人世的夕阳　涌起
夜晚和灯火
感到部分之中的全部　融合了所有变化
枝叶长进手指
树液黏住掌心
蝶形花冠倏忽遇到星星
弯成一只镂空的钟状的藤蔓
使刹那间的时针
交错在内旋的六七十年光阴之中
并再潜入三四十年心灵
在隐形的位置或地方
移动日照和月光
徒步深入像早晨那样的下午
或像下午那样的夜晚
以及一万幅远景和那一个
完整的和谐

[塑料空瓶]

树杈的硬脊上
搁着一只 5 升天然水塑料空瓶
是被一只手扔在窗子外面的多余残物
因为阳光　还有看得见的注册商标或名称
里面的水已经干涸
白色的
轻飘的
视觉的
或被忘记了的内部
在微风中　抛开着风或词语
纠结着树梢　思维　树梢
像是一个老女人斜斜的飞行姿势　友善地
讲着一滴水的家庭故事　并跟着
树叶飞舞的住宅小区
在说沉默之语
觉得一桶水　一个窗口　一种凝视
清晰空间中的房子和看见的性情
在把一切无限分成
有用
无用
乃至空空的孤立
都在随着另一个的险峻而险峻
使这个时间段里的全部现状
除了环境
还有一点其他意思

[老男人]

老男人坐在椅子里
坐着坐着睡着了　睡着了也是生存　就有
朗朗的下午　香香的黑色直发　鹅蛋脸
凭空沿着草地而来　带来
一朵雨做的云
看到气息　光线　树丛如同一根镕金的羽毛
在手掌上轻柔飘动　好像非常必需
比历史还要悠久
重现年轻世界
而她就停在那儿
当乌发被一阵风吹动　抚触的手指
便随时间和思绪纷乱起来

觉得瞬间的云
阴影在从最初的天空或湖边
落向了枯了的草尖
这使极致的惊讶　差点喊出声音
而她一脸微笑　把一根手指竖在嘴的中间
默默闪烁　飘远窸窣有声的衣服
老男人眨眨眼睛
直起身子　凝视　挥手　想说些什么
发现身子钉住了椅子
椅子钉住了心跳
天真的样子
像个死去的诗人

[微 笑]

后半生学会微笑
这明显的心理变化意味着我在
经过一次漫长的生存之旅后松弛了下来
仿佛带着卓越的眉梢　古老的皱纹
完成一种单纯谦和的使命　在形成
肺腑的
内在的
有效的镇静剂
以此平衡走得快了的事物　走得慢了的事物
或那一些将要停止了的事物
温柔地经营年迈事业
从而控制好起皱的躯体　掉牙的生活能力
以及偶尔的纷乱
在暗淡中培养同情
记录好大约几千年的时间变化
并在转身的行走现场
适应鞋底下移动的沥青　不再去看
头顶上衰老的天气　不再去理
伤感的云朵和脸的焦虑混乱关系
冬季来临之后还会再次留下白色的树林
因此学习微笑　缓和绷紧的现实
开始后半生的稳固进步
而我真真切切在花时间和精力
回溯一个眼前的愉悦
直到它的源头

[栖居之地]

我的栖居之地
在一棵桂花树梢上的三层楼面
白头翁盘旋在狭长天空　引向青灰小径
光影暂停的那一刻
抓住了粗糙墙面

闲歇下来
时光像是一个隐世的逋客
站立着的脚似乎跟着日光在穹边潜行
在一种风景　一种田野　或一种荒漠里
经过绝无人烟的旷野
使移动的黏土　高原土或沙地
适应手表声里
一只昆虫
从地砖上起飞的动静

我在栖居之地走了几步
桂花树漏洒过来的几缕光线
像在白昼的那边　夜的另一边
或苍冥深处
窗里的山水　进入了一道
低语的崖缝

林间小路（组诗）

◎非 亚

[月 亮]

某一天我沉睡了而月亮依然醒着
它带着女巫般的光芒，阔步走过我的上空
并用
树
枝
逗弄了我周围松弛的夜晚
我常常会被一个人
叫醒，在睡衣中
成为另一个影子，一个摇晃着
走向街道的陌生人
甚至像风一样成为
一阵烟雾
我踱向酒窖，或者一些更加隐秘的地方
一艘货轮把我带到海上
那里的水由时间组成
在甲板上我将被一个人
认出
它仿佛来自前世
带着似曾相识的表情
映照我的面孔

[远处的一片树林]

远处的一片树林
下午三点钟

我信步走去并越过了
几幢房子的阴影
我的周围
阳光多么温暖和明亮
蹲在路边的石头
是一些
思想的羊群
此时没有风
没有一只大手能掀动
我柔软的衣服和头发
甚至拉扯住
我的身体
现在我感到四周多么宁静
整个下午
远处的一片树林
在天空下
越发安详和明亮
映照着
我单纯沉默的心境

[林间小路]

树木搀扶着我们，进入它
迟疑的，有限度的
黑暗

并不是为了穿越，才来到这里
我们乐于进入的原因
是为了寻找

那第一个出现在森林的探险者

在他消失的地方，天空出现
惊讶于道路把我们
呈现在一张湖泊的前面

[冬 天]

冬天，我总是和你们一样
在阴冷的天气里
静坐，回忆

我的睡眠
在寂静的午后
总是很长很长
从我梦中伸出的树枝
到达遥远的河流源头

偶尔，阳光像一大片明亮的布匹
从天而降
它们落在我脸上的部分
叫我永远感到
一种安详

每天，我像一只鸟儿
坐在窗前
我还未对你说出的话
会一直
保持到下一个冬天

[这一生]

这一生常常在一个地方坐着不动
像冬天的石头
冰凉，沉默
这一生等待着一朵云
一朵洁白的云，飘近又离开
遥远的山冈上
这一生期待过一只大鸟
在头顶盘旋后，又伤感地离开
这一生去过很多地方

最后还是回到自己的家乡
我热爱过的女人
这一生离我远去
让我孤独痛苦死去了无数次
这一生总感觉时间短暂
日子像流水
哗啦哗啦从身边流走
这一生双手也曾在空中胡乱挥舞
结果什么也没有抓着
这一生常常凝视天空
一动不动地凝视天空
想了半天
还是想不起自己的名字

[给我两支蜡烛]

给我两支蜡烛，让我返回夜晚
停电的夜晚

让我在黑暗中浮起，头颅
靠着白色的墙壁

或者不点燃，独自注视
和黑暗消融
这么深
这么鲜艳的危崖

当我掉下去
感到虚空，一声惊叫
从体内发出

停电的夜晚
给我两支蜡烛

愿秋风饶过我（组诗）

◎北 野

[给虚空写首诗]

敖包上，有人半夜独坐
你在远处，轻声唱着十五的月亮
我看见他，浑身一抖

一群人仍然聚在毡房喝酒
我一个人陷在角落里，看着马头琴手的
脸，被酥油灯的光
照得明暗不定
他声音嘶哑，扭曲，像一条大河
包围着我。我知道那些涛声
是黑色的，它们要把我浮起

我觉得，今晚的世界，已经熬到了
尽头。草原的燕子姑娘
是断了翅膀的新娘
呼和少布，一首接一首唱蒙语歌
把蓝哈达献给远方的客人
转过身，他肩头耸动，我知道他在哭

今晚月光多好，而绝望的人
永远无法得到安慰
月亮在悬崖上，高高地挂着
像一盏孤灯

今夜，我想给虚空写首诗
我想一个人在虚空里，哭一哭
然后，像圆月一样，结成霜和冰

[养蜂人家]

桦木桶做的蜂巢总是最先倒掉
甜蜜的力量是一记闷雷，由内到外
它把一棵树，慢慢劈成碎屑
幼蜂在蜜汁里爬
蜂王最先变成了琥珀
梨树，椴树，槐树，栗子树
都可以挖空，站在天空下
它们是土蜂的宇宙
透明的世界，任你一遍遍割掉
长出，再割掉，始终有不死的万物
和花朵，蜂针和翅膀
始终有伸出的舌头
偶尔在暴雨中蛰伏，靠糖喂养
是为了取回更多
谢谢你的屋檐、舀取和刀割
谢谢你模仿了站着的森林，盛开的花朵
与皴裂的手相握，养蜂人

诚实的锋刃，让我像树桶一样
也享受了一次切割

[我是虚幻]

素食，对谷物果蔬起感恩心
独坐，倾听，为万物发愿
谢谢你们为我而来，谢谢你们
接受了我的垂怜与赞叹
谢谢你们今天来与我道别
一座“幻觉的古寺”
正在深山落成，它有旭日的光环
也有落日的深渊
当它们合拢在一起，谢谢
我无我，我是虚幻

[唐人出塞图]

过了函谷，青牛都走云天
到了坝上，牧羊人都是苏武的脸
看到幽州城头的旧旗子
我心里一酸，这风吹日晒的
它们熬过了多少年?
轩辕台北望：天空高如虚幻
星座近似悬崖，雪花大得像席子
月亮小如鸟卵
溪水迅捷如蛇，长河是潜行的闪电
落日多么红呵，一团烈火
是从血海里捞出来的吗
空中盘旋的乌鸦，像燃烧中翻滚的
凤凰，它们叫声凄婉
出关的人，进退无宿处
就在酒肆外的布幌下，喝到烂醉如泥
然后在沙丘后，呼呼大睡
像个幸福的亡灵
他是李白，或陈子昂吗
一夜秋风雨，湿红落叶满辽西
而茫茫大漠，只是给北国镶了一道金边
他们被风吹圆的袍子，像一对
尖叫的翅膀

[愿秋风饶过我]

万物安闲，长天浩荡
我一个人，躺在午后的山坡上
头顶的树叶沙沙响，白桦林举着的
天空，溢出黄金的光
树叶是神灵挂在腰间的金币
它们互相撞在一起，又一同扑向天空
天空就传回一片喧嚷
秋天的尽头，太阳一阵欢跃
它们被叫作：荣耀和秋光
我不知道风从哪里来，风靠幻觉
推动无数只手
笼子打开，一只被狂风锁紧的豹子
突然冲向山冈
当风把它金色的阴影，驱赶到山后时
整个世界就亮了
而我此时，已被反复洗劫
像打扫干净的旧厅堂，我空空如也
疲倦地躺在山坡上
我是微醺和迷幻的，我觉得一场劳役
正在结束，世界需要睡眠
并垂下它巨大的翅膀
愿秋风饶过我
愿大地用落叶把我收藏

细语·微澜（组诗）

◎萧 融

[不 舍]

初冬的脚步
微雪的温暖
屏住气，深呼吸

让时光，自心底
一寸寸流过
让暖的日子，慢慢走

秋风浅，想念深
再大的世界，只住你

[骊 歌]

心里的等
梦里的亮

我心飞翔
只朝一个方向

从梦的这头
走到梦的那头
雪就化了，花就开了

[心香如兰]

遥望以远
心香如兰

梦里有香
等你，等我

心有多远
梦有多远

爱到地老
爱到天荒

[写给春天的雅歌]

梨花佩碧玉
明月戴露珠

每天 每天
问春天
能装下多少想念
多少翘盼

心连心 憧憬
静默 等待 相守
爱与柔软无以言说

[花之灵]

大地睡了
你没睡
打着灯笼看月亮
夜来送香
有你的地方是天堂

种你在心上
梦里梦外都香

[爱 情]

爱情是什么
是露珠与花瓣
是倾诉与忍耐
是一扇门
或者一扇窗
打开，让阳光进来

温暖我们

[酒与咖啡]

累了，冷了
我们来这里歇歇
偎着炉火
就有家的感觉
让彼此靠得近些
再近些
世界在身后
温暖在心中

[想 念]

月亮的叙语

银质的绝想
夜深深
唱响天籁
藏起离愁

这样的甘
这样的咸
这样的不舍
我还是忍不住
想你了

[温 暖]

光渗着蜜
夜透着甜
花草树木藏起黑
只为你亮着

给梦见
一盏灯

[听贝多芬《月光奏鸣曲》]

沐浴月光
微小的幸福
变得巨大

灵魂的芭蕾
给轻和重
最好的安放……

[好时光]

那些好日子，好时光
是我最想要的
想着，念着

岁月静美
屏住呼吸
脚步慢下来

唯愿今夜有暖
唯愿梦见，再梦见

[花香褪尽尘埃]

春风暗度黄昏
心静敌过小风

邻家墙头春意闹
不念悲喜
只闻花香

花香褪尽尘埃
半个月亮爬上来
我的一亩三分地
虫鸣都是好听的声音

这样的夜晚
我只想悄悄告诉你
我的春天多么快乐
我的夜多么美，多么美

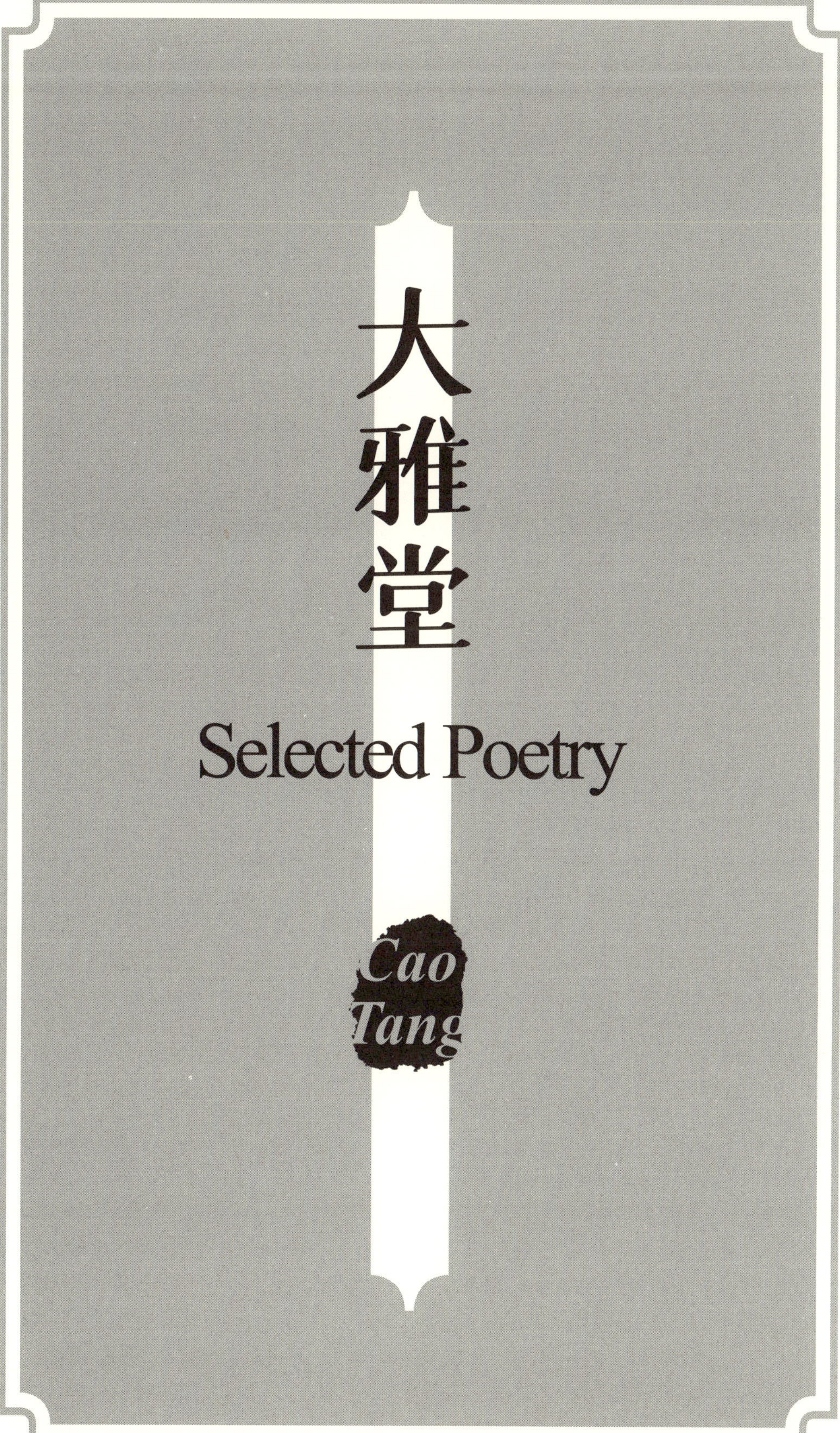
大雅堂
Selected Poetry
Cao
Tang

星辰始终没有陨落(组诗)

◎程维

[无言以对]

我会用身上最后十块钱去吃碗粉
而不是买一本诗集，如果我饿着肚子
读诗，上天是不会原谅的
所以你要养活自己，才能干别的
从泥工做起，可以盖起一座高楼
从第一个字写起，写到三百页
可能是一堆废纸，如果我身上有十块钱
我不会去买一打稿纸，而会买十个馒头
如果能接济别人，我会拿出九个
也可能一个不拿，我是自私的
它源自饥饿，我拼命写作，是填补
精神饥饿，现在我饱食终日
面对电脑和白纸，一个手指也不愿动
废物或许就是这样养成的，有时
我扪心自问，往往无言以对，只剩惭愧

[我固执地为每天签名钤印]

死活也得抓住它，抓紧它的耳朵，毛发
或者衣后领，好歹得抓住了，别松手
我是指此时此刻，时间，它转瞬即逝
你得从中兑换得什么，钱，古董，美人
这都靠不住，会被它带走，我用时间换
文字，换书画，换凝固下来的美，我
是贪心的，总想每天都写小说，写诗
写散文，画水墨，让羊毫在生宣上走过
落下古人的面影和点与线的厮磨

一张白纸上的文字就像时光从空间穿过
我固执地为每天签名钤印

[星辰始终没有陨落]

我知道自己的位置和方向在哪里
我不会轻易迷失，无论是大海或天空
星辰始终没有陨落，飞舞的天使
也不过是他抖下的灰尘，而悲壮的
暮色，是大戏开场前的巨幕，无由的
暗梯逐级上升，他递交了台词
也就敲开了诸神的大门，一只手
扭动群山，你看，即便走在最小的路上
他仍在此世的中心，没有被自己出卖

[雷雨骤至]

漆黑如墨，天上发出掀钢板的声音
有巨神在工作，手劲极大
我没有开灯，虎豹的喉咙卡着炸药
它吐出一管宝剑，密集的天兵
空降到了屋顶，带铁钉的皮鞋，整齐划一
摩擦着水泥地面，我想它们来了

浓墨注水，黑色被冲淡，我能看见
早晨的树叶，并听到，取代雨声的鸟鸣

[鸟]

一只鸟，被涂污了羽毛，又被放回鸟群
群鸟先是惊愕，避开，仇视，把它看作
异类，继而聚拢，再以尖啄和利爪
向它发起攻击，它的翅膀在空中破碎
它的身体在空中撕裂，残破的羽毛和肉片
纷纷扬扬，空中的凌迟如此血腥

毁灭一只鸟这么容易，仅仅一个简单套路
那毁灭一个人呢，我不寒而栗

暗疾（组诗）

◎胡茗茗

[暗疾]

端起一碗药，我喝了
想起一个人，我哭了

低头，再低
像棉花一样朴素
比野草还谦卑
春天尚未来临
冻土层里的小麦
绝不敢让自己
提前有丁点儿快乐

[给杜拉斯]

在上个世纪
你是不被允许留下痕迹的
哪怕一根头发必与火柴为伴
我终日徘徊在一扇门的内外
执拗地挣脱各种归属和定义
抵达与你的对接

在这个早上，阳光依旧稀薄
我抚摸一张面孔——
"沉默是另一种争辩"
十五岁半的麻花辫子

亲爱的，我们在这张脸上重逢了

[风声鹤唳]

我听到风声，我听到风声
它在东边吹，它在西边吹
它就是不敢往中间吹

它把牙齿咬得"咯咯"作响
它把头发吹得像爱情一样复杂
它把衣裳吹得像轻薄的十八岁
却让眼睛老泪纵横
它恨透了我
恨透了我不带面具
始终沉默

[大吉图]

苍竹高过翠鸟
新米矮于公鸡
秋天的水墨正靠近大地的画纸
红酥手挥洒丰收的大写意
有喜悦，正从画框里漾出来

数数东厢的菊花
尝尝西邻的玉米
游走天涯的人安放一颗出入之心
在故乡的吉风顺水里
随处都是风光的四扇屏
有大境，有小景
更有雄鸡高唱之后的安宁
仿佛万物都有了最好的安排
并得到羽毛下的安抚与祝福

流水将尽，谁也不曾来过（组诗）

◎飞 白

[果园错忆]

工业区深处的一片果园
委身于大棚、暖房。谷雨后
万千梨花已悉数凋零
我对着寂静的生长裂痕
选择冥想
哪些挣扎着受尽苦难
哪些又已开花结籽，后院荒草丛生

我从不会去了解这里的属地
包括果树的门类以及长势
与此同时
在脑海边缘也画出
一大片无人认领的田地
任由其铺展、荒芜

每一次绞尽脑汁
都是在为它们精心给养
每一次苦陷失忆
都让果园霜寒深重

[穿 越]

坐地铁时穿越黑暗隧洞
如同一首空置的曲子，渐入佳境
它们声调低缓
四处招摇。渺无人迹

两手空空，仿佛那些记忆中
浮现的人和碎片
此刻都会纷至沓来
偶尔，闪过光
鬼火、鱼鳞或者镜面交杂
打破这种曼妙的和谐

所有既定身份、语气和不知名的陌生人
都在合力推动这些成为可能
——经验感受里，开遍迟疑的花蕾

某种恍惚和幻觉
将你裹挟向前，岩层剥离地壳
无法被第六感确切描述
地底下另有玄机

你已在前一秒向后一秒的逻辑
报以彻底反叛
列车高速行进——
“我们之间的黑洞”，悬而未决

[败 落]

父亲发来微信
问起日常起居
交代冷暖自知
说到近况
“后院两间平房想改造一下”
——没有人打理的老房
暗自败落下去。我们和时间
皆走向败落，营建以及垮塌
那里曾居住的所有亲眷和故人
都在为明日重建居所
冥想在弥散，原有的摆设
都还陈列如初。尘灰悬浮着
无人知晓发生或落定

只喜欢跟暗中怀揣的量子纠缠不清
彼此拥抱着，狠狠砸向大地
废墟消失于败落
又在某个清晨，接纳一切

[暮 读]

天快要暗下来的时候
池塘一角蝉声四起，就像
我刚读到《草叶集》里
那些花蟒缠绕的句子
不知从哪里突然冒出
此起彼伏。人，一辈子都
离不开被水统摄
才回忆起小的时候
姐弟俩踩着水坑
不觉夏日将晚
而恋人们在陌生里
涉水而来
一条江，便是短短的一生
今天的壮年，却翻滚着雄浑的泪
想到这里——
黄昏坠落之前的所有
未解之谜
稳稳盘踞在我身体里
在即将被误读的隐喻之间
孤守。如果这也可以
视作一次回忆
烈士暮年已无多了
——即便依旧老泪纵横
那也可以不落痕迹
如同，眼睑低垂之人
成群结队
徘徊于更为深蓝的旷野

[偶 遇]

那有一双新人正在柳荫下对视
像鹭鸶高悬明月湖
翅膀镌刻于每一道波纹

他们旁若无人。快要
亲吻的样子
犹如这片冲积平原
最初壮怀激烈的样子

黝黑的静默里，众人止语
白色婚纱间伸出绿藤
谁也分不清原先的属性
新娘迎面微微一笑
人间恍如刹那。世界反复重构
——流水将尽，谁也不曾来过

我们的水果充满阳光（三首）

◎吕 宾

[我们的水果充满阳光]

切割甜蜜
才知道哪一片绿叶是衣裳
哪一朵花开是嫁妆
这些水果
这里的水果
我们的水果充满阳光

非凉山
不西昌

盐源苹果红了还想红
雷波脐橙又胖又亮
会理石榴勾紧拳头
至于满山跑的杧果
核桃的倔强
劝不住的樱桃
垂涎欲滴的葡萄
以及桃李不言
下自成蹊
都是日常

这里的水果很守时
我们的水果很愉快
在孩子的手上
在孕妇的大肚皮上
在茶余饭后的桌几上
很乖
不慌不忙

这些水果
我们的水果多如牛毛
雨里生风里长
用天装

[天街即句]

花想开了
我想通了

兄弟，出来走两步
就会听到野草偷吃的声音
她们柔若无骨
懒洋洋
还拿不定主意

我看见春天的牙齿
窃窃私语
春风吹来一件落衣
石头剪刀布
一月，过去
二月，让你
三月，我的

想想都开心

[邛海，我的近邻]

我抱不动太平洋
搬不动大西洋
喊不动马尔代夫
请不动夏威夷
我们那些辽阔的远亲

踏遍千山
坐下来
我只想做个蓝天的孩子
背靠邛海
偏爱我的近邻

我偏爱邛海
阳光多得像时间
听涛小镇月色磨人
偏爱西波鹤影
烟雨鹭州核桃村
被鸟鸣打湿的地面
偏爱梦里水乡、花海、田园
和庄稼住在一起
偏爱骨折式的仰望
星星点灯

世界，原谅我
一碗水无法端平

想起母亲的一个动作（三首）

◎陆健

[想起母亲的一个动作]

想起母亲的一个动作。擦灶台的动作

一日三餐，做完饭，把灶台擦得
一尘不染。让她饭后再清理。不肯

大半生很快就过去了
四个子女早跑开去
跑进自己的生活里去

想起母亲，想起四十年前
我摔伤破相那次，回老家养
脸上结痂，不能挠。临睡前
母亲用打背包的布袋条捆住我双手

那天晚上，母亲轻轻抱住我的头
许久没吱声，像是好不容易
把我从人群中抢回来一会儿

母亲伏在灶台上擦拭的动作
有着宿命般的耐心。一遍遍
一年年。直到她临走那天
她和我，和所有事物划清了界限

[母亲逝世三周年祭]

母亲，我把你忘到了一千里外
今天我把这距离一寸、一寸收回
原以为时间能淘洗失亲之痛——
六十四岁的我，不再有泪水
在你面前我仍旧哭得像个孩子

我的泪把积存的一些生活残渣
冲出体外。母亲，你的爱
仍带着光明、温暖涌泉而来
母亲，你不说话。你的房间冷
潮湿。我带了蜡烛，火柴

[老家的楼房]

老家的这幢楼房，太老了
老得让人心痛。工人在拆除它

我的书包曾每天从这儿经过
我对它
就像对我的父亲那么熟悉

铁锤抡动，轰隆作响
墙体洞开、眦裂如狰狞
它的五脏六腑裸露了出来

砖石喷溅，像积攒一生的力
从胸腔中破壁而出
锤声低沉，如老人的闷咳
像死亡将治愈所有的疾病

那残损破败的阳台，遗言般
踉跄着站着。几根钢筋似青筋
支撑摇摇晃晃的头颅

它眼神冰冷，固执，不情愿
它像在点头，又像在摇头

探向永恒之物（组诗）

◎阮雪芳

[热 爱]

从前霜降时我注视内心的空白
现在你教我触摸消逝的花苞

雨水是一种语言
阳光也是
湖泊的水分子与晴天的星辰
搬运生命的秘密

看这世间狼藉
仍有初生之物令人欢喜

[鹦鹉之歌]

去海边，看看波浪，将看到的一切抛下，重新开始
去野外，听听风声，将听到的一切删除，重新录入
去母亲身边，牵牵她的手，摸摸她的脸，将感受到的
　一切忘掉，重新记忆

有一种火，洗涤伤口，有一种水
纯真是观察学，野马走进雨中，街道，汽车，远方
玻璃簇拥你，抛向时空的虚无

[雪 野]

冬日在寂静的峰峦
落成一枚野果
松鼠敲击石头的门
寺院
铺开餐桌上未见的事物
闲云，野鹤，一尺樱花

袅袅钟声
语言修建起来的窄道
通往何处
苍竹中空
面对世界不语

院子里的榉木
在封闭的大雪中
轻声唱和
天地苍茫水墨

[下 山]

山顶空寺等候撞钟人
瀑布等候缄默物
断裂的古木等候琴师
往斜坡
十朵桃花等候独木舟
如果你再往人世去
大雾茫茫
火焰等候盐花
点灯的海鱼等候捕鲸手
时间的网
漏过陨石和上帝粒子
春天的陀螺是处女座
她不急于抵达

[波尔多的红色]

令人清醒的东西并不多
孤独是一种，失败是一种
波尔多的红色，痛苦的描金
让人沉溺的事物
吗啡，爱情，酒精
性，音乐，死亡……
猛虎，珍珠，玫瑰
一个身体在观看
一种颜色提供证据

欲望不仅仅是物质
也是爱
这乌有的闪电
无物对灵魂一瞥

[大 雪]

下雪的时候
听见心跳
离得这么近

近似草原上欢快的奔马
漂亮的棕色马群
跑着跑着
从天山下消失
跑着跑着
在寂静的对话中出现

[小 年]

小年，暮晚，采一束蜡梅
下山时，天落细雨
同行的人急急地向前走去
有一个时刻，我停下来，呼吸
灰色时间里燃烧的花朵
安静，清凉

什么将我独自留在了山中

酒、庄稼及其火焰（三首）

◎杨廷成

[酒、庄稼及其火焰]

众人喧哗
你却如此寂静
青稞般成熟的遐思
插着翅膀在月色里低翔
养活人间的庄稼由此诞生

那片忧伤的土地
那场沉重的大雪
村庄木屋中的火炕一侧
谁在围炉独坐
大地之灯跳动火焰般神圣的光芒

我们曾经是儿子
我们现在是父亲
我们孩子一样惊喜
每一次相遇时的碰杯
为什么都会泪流满面

此刻，林川的雪正在落下
父老们在绚烂的春天之梦中熟睡
耕牛们在圈栏里打着响鼻
种子们在粮仓里欢呼雀跃

一场声势浩大的狂欢即将盛大登场

美酒大河一般流淌
歌谣大风一样吹过
河湟谷地的男人们
高举起银河般炫耀的杯盏
依次点亮高大不熄的星辰

[油菜地]

是谁家的小姑娘
在这豆蔻年华的季节
身穿金色的小棉袄
一路欢笑着跑出了家门

她们的金色耳环
在三月的清风里叮当作响
她们金箔般的歌声
在雨后的山野里旋转回荡

阳光洒在身上
她们是情同手足的姐妹
在一地的月色里
她们娇羞如待嫁的新娘

在这美好的春天里
这些纯情的乡下女子
肆意地在天地间舞蹈着
谱写着一曲春风浩荡的黄金诗篇

[车过日月山]

所有的树木
都站在山冈上向远方眺望

炊烟从林梢上升起
倾诉着人间烟火的温暖

一线喧腾的湟水
奋力劈开冰层向东流去

鸽群的哨声划过晴空
洒下新年的第一串天籁之音

月亮迟迟不肯落下
守望着这美好的尘世

我看见太阳之手
正抚摸过雪山的额头

日出像一声蓬勃的心跳（组诗）

◎石玉坤

[落 霞]

我要带你到夜里去，橘黄
焰红，炫紫，这绚烂的花瓣
我夹带进一本书里收藏
我会在每个子夜展读
触摸那金色的暗香

“短暂的事物让我们爱得深些”
低处的灌木，背阴的野草，一只
在藤叶上跋涉的蚂蚁
有那么一会儿变得明亮，只有善者

才懂得这种喜悦

我要给你更深的黑夜
给万物透彻的照耀，光
其实在打开一扇门
长夜过后，日出像一声蓬勃的心跳
那时候我仍然唤你——霞

[镜]

给人最深的离别，有光
也有不可探知的深邃
有时陷进去的是脸，一个失语者
被困在那里
像有大深渊在拖拽着他

高悬、低置，都是明镜
方正、椭圆，各照人生

悲欣交集啊，当我们被照临
被陷入，青丝和白发
互为对应，彼此亏欠
又彼此辜负

若凝滞于此，当学解脱之法
有人以天空为镜
载云、载月，有人以湖水为镜
用涟漪记录风行

“万物都是自己的镜子，它
只映照回头的人”

[漆]

之前，有反复打磨的硌疼
脸面给良木
也给冷铁

悲或喜可以用颜色来说
黑棺材，红婚床
绿怜春山，白洗沉冤

还可以调色作成画
淡抹浓妆
全凭对一把刷子的拿捏

“光鲜留给爱面子的人
我只想做一个沉默的父亲
用爱包裹你
直至在衰老中剥落”

[春分日在徽园]

假山隐于后庭，像在
苦等一个人，曲廊过煦风
池旁老柳枝又新绿

古今事一口老井都见过
井沿有井绳深勒的疼，临镜人
紧紧拥裹住春衫的薄凉

鹧鸪声深，绣花针乱
一株莲花并蒂
绣在手帕的深处，各抱苦芯

转角，看见你推窗的脸
半旧半明
刚巧均分了这春

安 顿（三首）

◎任 白

[安 顿]

我们最终还是选择了
优美的忍耐
在胸口安顿下全部的生活
那里有个凹槽，浅浅的
但夜晚我沉入马里亚纳海沟的时候
它们就重叠了
在一瞬间，在同一个深度
我们的爱和敬畏
被惊叹充满
被恐惧召唤
那么多叫不出名字的生物
以后还是叫不出来
它们生死未明
但已将一切说尽

[有些灰烬一直活着]

有些灰烬一直活着
滚烫，升起缕缕青烟
并且在风中写字
写我们闭着眼睛都能看到的字
那是一些被时间烧结的钉子
钉在旋风和火焰的心里
重塑前世的骨殖
重现它在燃爆时噼啪的响声

[深海之歌]

我偏爱某些植物陌生的名字
比如蒙古栎和朝鲜蓟
看见它们的时候
它们是安静的邻居
平淡的样貌背后
隐匿令人不安的身世
这也是世界有趣的部分
一些触手可及的角落
藏着不动声色的大海
连灰尘都是
它们永无尽头地翻滚飞舞
如果你像阅读史诗那样
保持可贵的静默
你会看见尤利西斯和伊萨卡
看见白衣的歌队
一遍又一遍地轮唱
深海之歌

正 午

◎彦 龙

窗外阳光正烈，病床上
有一股涩涩的花味
科塔萨尔的钢琴曲
一遍又一遍在房间中《重遇》※
此刻的场景，就如一幅
霍珀蓝黄相间的油画
这遍地流淌的音乐
就如从他的画面上走出来
我困在这里，只能清晰地听见
那轻快的脚步声
我很想到外面走走
但却输着液

只能眼睁睁地
看满屋子的音乐奔跑
满屋子的钢琴声
不断向窗外涌去
现在是正午时间
病房里很安静
走廊上也没有声音
疼痛的人
也停止了呻吟

※ 钢琴曲《重遇》为有“墨西哥钢琴诗人”美誉的埃内斯托·科塔萨尔的名作。

霜 降（外一首）

◎巩本勇

踏着泛起的水烟
一场霜，浓缩在睫毛上

远处的土山松弛下来，不再光芒护体
你在雾中
抄一首朦胧诗

风吹来。暮色从一座老房子后面缓缓地下沉
没有一把钥匙开时间的门。白菜，菠菜，柿子
会变得更加好吃

岸边布满了暗影，一个人的名字
像一条黑夜里爬行的蚯蚓
没有二元对立

[在湖边]

一个人去他平日生活以外的地方
风吹动着水面，有冷雨
和远处的夕阳一同飘落下来

网拦不住螃蟹横着爬行
水鸟，鱼，水生植物，都有水生水长的
故乡——西闸，湾头，华沟，荆家洼，鱼龙湾……
我的籍贯还是一个盲点

大脑是编排错乱的储存器
一条条河流，一座座桥并不懂得你热爱的一切
我的皮肤还原成土地的颜色
家乡的物事是货源
我自己留一部分，另一部分卖出去

行旅一瞥（组诗）

◎张 杰

[重庆南山]

大巴车盘旋而上。我睡着了。
睁眼就到南山，像飞过去似的
这里偏僻，暂时还没被秋天占领
两大片荷塘中，养出一顿好火锅
搅拌成闷热、火爆、鲜香的黄昏。

[在杭州]

我就在杭州却根本看不到杭州
太阳把它晒得发白像底片
整个城市是个反光镜，
这“人间天堂”
被阳光挤压得鸦雀无声，
西湖都瘦了几圈。

[南京西路]

初秋的酷热笼罩整个大街
沿着南京西路一直走
一直走，走到2008年。
到那家店，到那家店，停！
往右看，有一个军绿的挎包
买下来。这次别犹豫了。
送给自己，陪她经南京
过长江，回河南
北京奥运要开始了。

[在西安]

清早五点我赶赴一个著名的都城。
举目皆烈日，不见旧长安。
这不是有唐朝吗。它被，热化了？

我能闻出来，西安的地理坐标。
是北方，但明显偏西，虽还不是西域。
但伸手一抓，就能摸到兰州或者西宁。
苍凉这个词，两脚细长，右长安左阳关
几步迈开后，人间无故人。

西安城不高，重心偏低
或许因为——地底下
埋着太多王朝。他们在泥土里站立
养出清新鲜美的花。

[写给友人]

为稻粱日夜奔忙，满面尘霜
却不忘思考时代忧心世界。
你手捧美玉！我的友人
在稀薄的精神高原，与真理来往
不与人间论短长。

安 静

◎李 潇

戏水的鱼儿们看我来了
不仅没有躲开
反而向我聚拢过来

阳光用下午四点钟的时态
照过来，正好打在
我和它们身上

它们在想什么
我又在想什么
我们互不知道，也不打听

我看着彩色的它们
它们看着朴素的我
我承认我开了一个小差

格桑花的表白（外一首）

◎张兴泉

雨带领一群人的名字
逶迤如蛇的小路遗满了足迹
早已晶莹成爱的箴言

我坦言我是高原的女儿
在勒德学姆神山上再次柔弱
我是泥的子孙
芬芳千百年祖先膜拜的叩响
我是雾的化身
洁白世间件件出嫁的衣裳
我是风的舞蹈
让雪夜篝火摇摆古老锅庄

泛黄的杏子
诉说泛黄的时光
经筒在唱佛陀呢喃
唱我的血液我的骨骸
以及痛苦轮回中的滴滴情殇

我坦言我是高原的女儿
不然怎会在与你邂逅时
阳光般赤裸绽放

[有歌如约而至]

歌声是种子
来自天籁又来自雪地
一旦种在哈达上
定会长出高原红婀娜的影子
媲美迷离的阳光
盛装酥油青稞的斑驳陶器
已经出土
风吻了小窗雪上有绿
走不出满山油菜花的金黄
也走不出寺庙里朝拜的诗行

白塔深恋蓝天的云朵
经筒徐徐转动
你来了歌声就纷至沓来
来自高原又非高原
此时阳光坍塌
而你的歌声早已化身美丽慈悲的种子
以格萨尔如火的雄性
深植我没有灵魂的肉体

残像余影

◎李晓愚

半个世纪，他忍受无名的啃噬
厌倦他镜子似的伴侣
他的内心光滑如镜面
他练习沉思，并以此生存
他时常看见影子，死——神
的伪装
他对它满怀耐心，甚至爱意
偶尔憎恨，从不愤怒
他对一切都是如此
但是，太不幸
爱情和衰老同时降临
他已无力悦纳，这甜蜜的瘟疫
也无力碾碎
碾碎镜中飞出的翅膀

二 爷（外一首）

◎李荣珍

二爷走后
向东的三间屋
渐渐倒塌

没有继嗣的家
掉落在地

门窗烧熟谁家的饭
椽子搭在谁家的棚上
旧土添了谁家的新宅

院里一棵桑树
还在一年年里
干硬的枝条结着紫色的桑
隔墙伸到我家屋顶

而那片空院子
装下一胡同孩子的玩闹声

深秋
一树的桑叶落下
风一点一点吹散

[瓦 罐]

五个青灰的瓦罐
放在西墙根下
罐体覆盖斑驳垢土
不知是否是祖父烧制
奶奶用它存放了一辈子的粮食
我把它们收拢
寄放在别家一间旧屋
然后告诉八十岁的父亲
他是欣喜的，他说
那是老家最后的器物呀

其实，连同瓦罐存放的
还有一块老屋的青砖
以及瓦罐里的积年黄叶
我没有告诉老父亲
怕惹他潸然泪下

妻子的双休日（三首）

◎续 默

[妻子的双休日]

双休日
从城里单位回到乡下家中的妻子
依然很忙碌
她在鸟鸣声中起床，着简单的装束
哼小曲，扫场院
将风儿摇落的枯叶，送入旺旺的灶火

她没有太多时间，去描眉画脸、洗发护肤
去聚会，去娱乐
她要在厨房、客厅、卫生间
将日子留下的脏乱和灰尘
去浆洗，去拾掇，去擦拭……

闲暇之余，她也坐在阳光中

戴眼镜，手捧书
将庸常的另一些时光
消磨在生活的更高更深处

[高速路从爹娘的坟前经过]

高速路从爹娘的坟前经过
生前缓慢的他们
长眠在地下多年
才触摸到生活提速的脉搏

[点 赞]

朋友圈里，花卷一直在给包子点赞
可包子从未给花卷点过
其实，包子和花卷都是馍
只不过，包子比花卷多了点馅
难道生活应该是这样的吗
也许，馒头和饼子都不这么想

刀（外一首）

◎刘宣

有时，刀生长在笑容里
笑容，生长在春天里
只要萌动的春心
在刀的血液里，拱一拱
刀，就会浮想联翩

铁打的命运
掌握在木头的刀把子里
再锋利的刀刃
也禁不住，铁锈的折磨
铁锈，开出妖娆的花朵
朵朵都是，致命的诱惑

别怪，躯壳在岁月中老朽
失去寒光闪闪的锐利
不能削铁如泥
甚至削不动半截铅笔
只要，刀把在握
舞动刀形一样的文字
就会有霍霍的声音响起

[遇 见]

湖水刚刚退去
一只白鹭
在浅滩，若有所思
寻觅，一双纤细的手指
留下深深浅浅的印迹

她来到湖水边
看到了自己在水中
亭亭玉立，而又恍若隔世的
倩影，在水中荡漾
模糊又清晰，清晰又模糊
孤独，盼望，欲言又止

偶尔从湖边路过的我
不经意间与她
目光交汇的一瞬
心一颤，似曾相识
这前世灵魂的
遇见

散文诗
Prose Poem
Cao
Tang

行走的诗章（组章）

◎海 叶

【作者简介】海叶，中国作协会员。作品发表于《诗刊》《星星》《诗潮》《诗选刊》《草堂》《散文诗》《北京文学》《文学报》等。已出版作品集八部。

[正午的滩头]

现在，我要开始写到隆回的滩头。在正午，我要写到刚停歇的雨水。那些雨水，全都汇进了眼前的小河。

在湘南的中部，我要写到一个小镇的繁华及背后的凋敝。

那个坚守乡村古老技艺的老人，一觉醒来，就成了非物质文化的代言人。

在昏暗的阁楼上，在一块块雕刻着图案的木板上，一张张手工印制的年画，虽已蜚声海内外，此刻却晾晒在我的视线里。

现在，我要继续写到滩头，写到正午掠过青石板小巷的风。它潮湿，让我干裂的心灵，吸吮到了薄荷一样的清香。

那些鲜活在宣纸上的人或物，正在微风中和我分享光阴的故事。

在一个叫滩头的小镇上，我还必须写到那些粘满水珠的黄瓜，和一个老人用木棍挑着的两幅棕蓑衣。

这些景象，在记忆的河床，将乡村反复抬高。

它们将自已淹没在时光的水中。当一切浮云都不复存在时，只有滩头和年画还会鲜活着。

[岳麓山之夜]

一瓶冰镇矿泉水，可以清凉一整座山吗?

没有一丝风，从夜色里漏出。我们一直往山上走，没有停留。

几乎停滞不动的，是天空的星，好似纵有天外之风也无法吹动。我的脚步开始缓慢下来，你和岳麓山突然变得轻盈。

一盏路灯，在眨着眼睛。我不知道左边分叉的小径，会通向哪里。

也许，就是你曾徜徉过的枫林吧。

如同思与诗，也是相向而行。此刻，我还是想以最快的速度，将汗水湿透的那一片寂静，在你携来的月下晾干。

既然落叶在一路尾随，那就加快点步伐吧。没有月色涂抹的山峦，一滴冷却的汗，在向风索取喘息声。

带着记忆与孤独,带着这两者残留的晦暗,我在心里忍不住大喊了一声,十步之外能听见吗?
声音，穿过厚重的夜色，山那边的枫叶似乎听到了，齐刷刷竖起小耳朵。
今夜的岳麓山，不是一张黑白插图。
栖枝过夜的鸟，也暂时收紧自己的歌喉。
站在不可名状的山顶，我看见被星光庇护的尘世——
此刻，正与一场寒流交换宿命。

[春临包围山]

包围山的春天，正在往暖里走。微微的风，也成了诱惑。

那片大山，还是一块待垦的处女地。我的镜头里捕捉到的除了新鲜的空气，似乎还有属于山岚独有的气息。

我在山腰采摘野蕨菜，用手无意捧起一片鲜嫩。树林里撒满金黄的松针，沿途跳荡的快乐，悄然被一针一针缝在大山的衣襟上。

包围山的春天，正往暖里走。

坐在树荫里，阳光漏下了许多干净的光斑。它们一个接一个铺开，又似流水从我身边淌过。

田垄里吃草的小黄牛，时而竖起耳朵，像是在倾听欢声笑语。脖子上悬着的铜铃，时而被我的惊喜轻轻摇响。

桃花，在柴扉前开了又谢了。许多嫩绿的叶子闹在枝头，引来春光的乍泄，引来长短镜头的忙碌。

包围山的春天，正往暖里走。

于是，我们又转身，去看藏匿在山背面的楠木。在稀有的珍贵面前，砍伐的欲念自然熄灭，且希望光阴的斧子从此锈钝。

[维多利亚港]

暮色笼着海岸。风送流云，也吹乱长发，冬天的沉寂悄然降临。一些美好的东西在挣扎，一些在转眼即逝。

身后的大海，在暮色里陷入一片空茫。

骤起的浓雾，模糊大海的面孔。我的左边，刚停泊的游轮一边偎着海岸取暖，一边不停晃荡着庞大的躯体。

慢下来吧。庸常的生活，更多的时候像一盘散沙。

我的梦想，不会高过一座沙砌的城堡。而时间正剥去它肉身的光辉，成为铁，成为一块锈迹斑驳的金属。

我深谙从内地到香港的匆忙，也深谙从冬日到春天的短暂。

我所热爱的浪涛和吟唱，此刻像一张用过的手纸被人遗弃。

慢下来！可一颗流星正在滑落。

暮霭低沉。一排巨浪将水做的骨肉，彻底粉碎。我又仿佛看见，大海和灵魂一起战栗着，让清冷与孤清无处安身。

铜瓦厢的花（三章）

◎雷黑子

【作者简介】雷黑子，本名雷五，河南开封人，中国作家协会会员，河南省散文诗学会理事，突围诗社倡议发起人之一。作品发表于《散文诗》《诗潮》《诗选刊》《诗歌月刊》《绿风》《芳草》《草堂》等报刊及各种选本；出版诗集《河脊汀芷》《风骨指数》，长篇小说《别让老婆上网》《4 天爱》，社科专著《禅来烦去》历史专著《镖局春秋》等。荣获第三届奔流文学奖诗歌奖，中国诗人微刊 2019-2020 年度诗人奖。

[大红蓼：红铜谣]

雨滴在风中，扭着秧歌的步法，挑拣着透亮的红蓼，调皮地碰撞。

然后，哼着圆熟的红铜歌，踮起时光的脚尖，轻声呼唤着蓼茎里还未睡醒的新叶。

大红蓼并不知道自己，实际上是作为铜瓦厢长辈的钱褡，对黄河深处躲藏的红尾巴鲤鱼，曾经许下的允诺红到发紫后的兑现。

细碎的红辫子，不知该用怎样的破碎，才能瓦解洪水的阴影。

它从不同角度，把光折射进掌荫。生在铜瓦厢，红蓼没有埋怨过任何一线光芒，哪怕是游龙在末梢，不小心弄丢了陈年的感悟。

红蓼一直竭尽全力地配合着阳光，低下头来，弥补着光线的不足，一寸一寸地移动着自己的暗面。它多么希望阳光可以偶尔跳跃一下，陡增移动的步幅，以解决阴影给红蓼带来的痞积。而顽皮的阴影，总是能够机灵地逃出阳光的追击，轻易地蹦跶到铜瓦湖的背后。

身穿琉璃瓦的红铜墙，也是从远古一路来到铜瓦湖。

它是来接红蓼的，它知道每一串秋波的因果。

它苦口婆心地念叨了亿万斯年，把自己也留在了铜瓦厢，依然以阿弥式的心境，安慰着湖边墙下屈就的红蓼。

家族庞大的蓼，早已不在乎粉黛。一身红装，是阳光锲而不舍，历经沧桑巨变锻造的心花，红钻一样的肤色，浑然心性。

[冬葵子：大海心]

冬葵子把忠诚浓缩到微乎其微，一瓣一瓣收进它别致的荷包。

冬葵子包不离身，夜以继日地寻找铜瓦厢婴儿饥饿的啼哭。

它不需要蝴蝶绚烂的掌声，葵花的翅膀生来就是为了折断；它不需要夜莺的赞歌，婴儿的嗓子天生就是葵籽的使命。

四道坝在游人散去的深夜，偶尔也会大哭几声。没有一棵葵子不知道，这是东坝头的呜咽声，这是铜瓦湖，站在铜瓦厢的肩膀上，扮演着最接地气的河长，体察着儿女们的喜怒哀乐富庶贫穷，操着大海才会操的心。

密集的鸟鸣，在清脆里结成星星点点的鸟喙。

被金雀亲过的冬葵子，研碎后唱的是播种者的歌；被鸽子吻过的冬葵子，不用白面打扮，就能坚强一颗保家卫国的心；被画眉鸟喊醒的冬葵子，把铜瓦厢女儿家的嗓子，滋润得比葵花蜜还要甜净。

铜瓦厢是位刀子嘴豆腐心的髦儒，每天一起床，就会被执着的医者领到河滩里几位孤寂的冬葵子身旁。把夜里迷途的羔羊，领出隐蔽起来的疑问；把婆婆们夜里做好的梦，倾倒在冬葵子的身边，等待吟着小曲儿的飞驳鸟，衔到黑夜的对面。

驾驭着拂晓前来报喜的鹊鸟，把冬葵子禅意的锦囊打开，筛选出参透了人世的葵籽，种到铜瓦厢最具属性的灯盏怜爱的窗棂之下。

信仰，开始穿过肌肉的麻痹，在骨头里扎根生芽。

[打碗花：五体投地]

你无法预知的未来，都会以打碗花的笑容，绽放在铜瓦厢和善的沙地里。

理想需要打碗花的翅膀，需要打碗花兔子一样的耳朵，凡是你能梦得到的美好，打碗花都能清晰地听到。

在铜瓦厢，说话太多的小鸟，都会被套上牙疼箍。一只兔子在河堤下沿停靠，耳朵边伸出能止疼的小喇叭。

河水分娩前的咆哮，都缥缈在马蜂舞蹈着的腰身里。

一声不着边际的训斥炸开了铜瓦厢好奇的童心。

打碗花，打碗花，打烂了饭碗别说话，打掉了牙齿往肚里下。这就是燕覆子座位右边的刻纹，也是铜瓦厢沙地里经常留下的脚印。

打碗花，在贫瘠的土地上脚踏实地地行走，绝不去攀附墙头上的橄榄枝儿，吹嘘一朵金花的容貌，讨好一段虚高的曲调，而是去准确地分割自己，治疗人世间沟壑里的沉沦。

把一朵火焰拿捏得有模有样，让火焰自己把自己烧制得白里透红，让尘凡里的沙子都睁开眼睛羡慕，和纯洁相恋的打碗花。

打碗花是铜瓦厢五体投地的天使，把每朵平等都开到大地的酒窝里，把鹤发童颜的权杖都匍匐着展开，用无声的喇叭回答着世界的好奇。

镰刀举起锯齿状的刃（三章）

◎吴燕青

【作者简介】吴燕青，80后，作品发表于《大公报》《香港文学》《草堂》《诗刊》《星星·散文诗》《台港文学选刊》《作品》《散文诗世界》《香港诗人》《延河》《香港作家》等。著有个人诗集《吴燕青短诗选》，合集《香港十诗侣》。

[捧出岁月中的星辰]

童年记忆里，辽阔的黑暗，总会有繁密的星，漫天的，在暗中开出五彩的烟花。

在乡间的田野上，就着星光奔跑的孩童，眼里住着星星的种子。一笑起来，星星就会长高。

徒步在繁华的城市，巨大的光幕，射向高空，刺穿云朵，折下许多翅翼。

失落一步一步地走来，浓黑的夜空被地面的灯火稀薄了，星星隐匿，不再是天空的光亮。

再发一些光吧！星星！云层之上的夜晚，宇宙深处的神秘，好像都消失了。

灯火璀璨的城中央，海水有梦幻的炫彩，给你梦的天宇，亮着人间的凡光。

为深渊中的事物，想象出漫天星火，想象出照向人间黑处的温暖，想象出弥补伤口的止痛剂。

让光亮是纯净的光亮，让夜空再一次有辽阔的黑，再一次有繁密的星。

捧出岁月中的星辰，一切又都光亮温暖了。

[有更多的饱满从一场雪开始]

雪有雪的徒步，从一滴水的真身开始，流及湖泊，江河，海河，溪涧。

雪有雪的跋涉，从云朵开始，从花蕊开始，从蜜开始，从一些疾苦的本身开始。

雪一下，长江和黄河就开始缓慢，雪一下，树枝的重量就增加。

雪一下，大地就开始白，雪一下，人间就开始干净起来。

雪一下，孩子们就做出许多雪的孩子来。

经由孩子们的手，雪终于生下了自己的亲生孩子。

在雪短暂的一生中，有自己的亲生孩子，这是多么令雪幸福的事。

于是，有更多的饱满，从一场雪开始。

雪用雪，埋掉一些黑，给予大地更干净的肤体。

雪用雪，降掉一些盛怒，给予人群干净的包容。

雪用雪，给土地，酿好了耕种的酒浆，给人间丰满的粮食。

直到雪再一次徒步，跋涉成雪。

[镰刀举起锯齿状的刃]

土地是最能给予人喜悦的，风吹过大片的田野，麦浪起伏，所有的麦芒上都闪着丰硕的光。

要用镰刀书写汗水了，镰刀上的锯齿状的刃，到了需要你的时刻了。

弯腰，低头，举起手上的镰刀，此起彼落地，收割土地的赠予。

低低地把腰弯下去的人，多么贴近土地；低低地把头低下去的人，根本就是土地的一部分。

麦芒闪着丰硕的光，照在月牙形的镰刀上，举起的是什么？

这锯齿状的刃，锯齿状的牙尖，这打铁匠人用烈火锻炼过的铁片。

用你尖锐的部分，“撸”下麦芒上的丰硕，“撸”下麦芒上的光。

端坐云端的人，弯腰低头的人，举起镰刀的时候，都是贴近土地的人。

根部的事物，有最朴素的善意。

把头低下去，在茫茫的麦田，用锯齿状的刃“撸”一把把麦穗。

火把和舞蹈将会献出光的部分。生活的磨难，会在锯齿状的刃下安静伏下身躯。

低低地把腰弯下去的人，多么贴近土地；低低地把头低下去的人，根本就是土地的一部分。

锯齿状的刃会“撸”出更多的丰硕。锯齿状的刃会“撸”下更多的尖锐。

带着善意抵达朴素的根部，还原出更多清澈和恒盈。

从去年到今年（组章）

◎李金佳

【作者简介】李金佳，生于1973年，哈尔滨人。法国巴黎大学文学博士，现任教于巴黎东方语言文化学院，巴黎诗歌杂志 *Po&sie* 通讯员。作品发表于《大家》《北方文学》《小说林》《诗林》《读诗》等。出版诗集《黑障》。法语小说《平沙落雁》曾获法国青年法语作家一等奖。曾受邀参加第三届成都国际诗歌周。

[总结]

旧历的年底毕竟也不怎么像年底。枯干的青桐树对我说："从三月到二月，我还能记得的雨水只有两滴：一滴落到我最像火的叶子的最外缘，在那场大规模飘落的前夕；一滴落到梦冰冷的横剖面，成为湖泊的年轮的正中心。你呢，你还能记得的雨水有几滴？"

我就抬起头来，仰望苍茫的夜空，寻找那些沉重的星星。

[海鸥]

晓月从最接近港口的地方开始消散时，水泥栈台上披月而眠的海鸥，就一只接一只醒来了，以为自己也会跟着消散，兴奋地吊起嗓子，彼此鼓励着叫了起来。

并且朝碎浪前端那些冲来荡去的小石子，正亮出比它们更纯正的白色的小石子，伸直了翅膀，遥相呼应地连成一线。

并且以最接近海面的那一只为代表，向远处驾着晨烟归来的小渔船，同意似的点了点头，好像要把整个世界让给它。

[明画]

不存在的路被不存在的灯收留，一到清晨就自动熄灭。

幻觉的主人两两相生，贴切如笠翁对偶，倒悬在被古诗侵蚀的梦里，裹着肉质倒影抄袭爱情。风干的手，上下寻找粼粼的洞。刚一找到，就让颤声呻吟的水草缠住了，不得不上下甩动，急急摆脱。

河面砰然破碎，如落地的白瓷碗；岸的孤独伸展，直到积水的渡船。

一个孩子站在荒草中，双手攥住银色电棒，一边骂人，一边转圈抡那电棒，要把它的光越抡越长。总和为我的所有关系，总和为我脚下逆流，因叛逆而挺直，带领一群含枚的鲫鱼，攻向上游的坝。鲫鱼的鳞片，像江南瓦，散发出水墨的气味。

太阳出来，红色鱼漂儿变高，因饥饿而战栗。它前头几米远的地方，有张破网载沉载浮，讲着漏洞的寓言，纠结于潺潺流过的原地。偶尔吐出回忆，或未消化的夜，或一小块塑料泡沫。

西望沙坡头（外一章）

◎谢家发

【作者简介】谢家发，四川省作家协会会员，成都市作家协会会员，都江堰市作家协会副主席。作品发表于《星星》《绿风》《散文诗世界》《青年作家》《四川文学》《北方文学》《青岛文学》《四川散文》《华西都市报》等。

天际线上的黄河，天际线上的腾格里沙漠，天际线上的沙坡头。

黄河在莽莽荒原上切断了沙漠的退路，让千尺沙坡头在黄河边错愕。

望着即将落进黄河的夕阳，那一弯血红流成了母亲的摇篮曲。母亲哼着哼着沙坡头的脚下长出了一遍红柳；母亲摇着摇着黄河边就流行起了黄土塬的欢天锣鼓。

我手脚并用在沙坡头上丈量了西北男人的胸怀；我虔诚地跪在黄河边用干裂的嘴唇亲吻了西北女子的柔情。

一次震撼心灵的出发，从黄河边、从沙坡头向着腾格里沙漠腹地，据说那里有一片沙漠人梦幻的水草肥美的草原。身后的黄河流着流着流成了沙漠的断想；沙坡头上我们的驼队走着走着走成了黄河的倒影。

[西去的额尔齐斯河]

站在额尔齐斯河边，我想到从小光着屁股游泳的岷江河。那风调雨顺稻黍丰盈的两岸；那人潮涌动一派祥和的原野。

把戈壁滩撕开一道裂缝的额尔齐斯河，剑指阿尔泰山的冰峰。从冰缝里滴出的生命思考，总是在峰回路转中期待：

哈萨克的毡房棉桃一样挂在额尔齐斯河的枝丫上，草原盛会已经超越了逐水而居的想象。把围着丰收跳的转圈舞扩展到整个草原，你是冰缝里那一滴水的涟漪。

冰峰下喀纳斯湖畔的图瓦人，用苇秆制成的乐器苏尔，把一个1400人的少数民族吹成了悠远的历史。低沉、唯美、走心，来自大地、来自森林、来自喀纳斯湖，你是冰缝里那一滴水的回音。

河两岸大片大片的胡杨林，用不死的生命和岁月抗争。我在河边和你千年的生命不期而遇，你述说准噶尔回归历史的壮阔，你怀念屯垦戍边大军在你身边的地窝。军人们每天向你行军礼，因为你是冰缝里那一滴水的灵魂。

西去的额尔齐斯河。

洗 心（外一章）

◎黄定来

【作者简介】黄定来，男，浙江温岭人，诗作发表于《星星》《鸭绿江》《作家天地》《浙江诗人》《散文诗世界》《青年文学家》等刊物，入选多部选集，系浙江省台州市作协会员，四川省散文诗学会会员。

深秋，攀登藤岭岗头，在太平寺旁边，无意看见“洗心岩”三字熠熠生辉。令我费解的是，心字上面的一个点，为何掉落到心底，那是禅意的神性所赐吗？

心若缺少一点，灵魂，如何完整？怎能读懂生命的含义？

几许尘土飞扬，染上何种色泽？心，已经失落本真。几许慈悲为怀，几多虔诚归隐，才捧回最初的赤心？

一块岩，能够修得几千年道行，担当多少宽广胸襟，才敢清洗心里的尘埃。

抬头看天上飘过的层层乌云，是被染过的样子吗？而一阵罡风吹过，渐渐恢复了它原来的清白模样。

多想，捡回丢在锅底的那个点，涤荡悠悠岁月。

常常拭几滴清泪，心明净，渡海无边。

而此时我的心房，偶尔也传来时断时续的颤音，叹息声里是不是也蒙上了污垢？

呆立洗心岩前，真想掏出蒙尘的心，濯洗。却苦于无法探求清洁的秘方。

藏于岩内的无字天书，如果要领悟透彻，需要怎样的空灵智慧？

[鱼的世相图]

黄鱼，身世若谜，当年木鼓声声，敲灭了历史尘埃，击退黄金甲于千里之外。

螃蟹伸出张力虎钳，墨鱼喷薄而出的墨汁，吐槽。横行霸道的家伙灰头土脸，隐喻，闭门不出。

鳗鱼藏有一颗忠胆仗义心，海里有不平事，必定冲锋陷阵，挥剑除之而后快。

鲳鱼表面腼腆，薄薄樱桃嘴巧舌如簧，软弱身段给谁看。

弹弹虾爱跳魔步舞，对思路活跃的八脚章鱼，暗恋已久，却不敢表露心迹。

流着蓝色血液的大红虾，丰腴肉脯，婀娜腰肢。

鲨鱼已然老态龙钟，尖牙利齿，退居二线，如何咬断思乡情结。

水中精灵，听到风声，忙于找相应位置躲避，待黄昏来临时，借助密码对号入座。

实验经纬

Experimental Poetry

[编者语]

衣米一的诗歌更倾向于日常美学，诗人总是把日常建立在想象与思想之上，诗人在讲故事的同时也给出了诗歌油画一般的描述，她把慢条斯理的触须深入某种事件或者事物的纹理，事件与独见形成张力，诗人的语言透析为简单的事物生产出诗性的惊奇，在虚实之间，诗人专注于物性、事性与个体灵魂的对话，在“画布”与“广场”之间找到了存在的“居所”。

靳小蓉的诗歌是隐秘的私人叙述与情感氛围的诗性构建，诗人总是以第三人称的视角去捕捉事情、事物、人物与语言的关联，仿佛夜莺一般的歌唱性和具象的微观，表达诗人内心的独立性。诗人以她女性的细腻和敏感抵达了语言的孤独，同时确立自己在时间与空间的审视中的“荫翳美学”。在显与隐的辩证中，在缓慢的节奏之中，诗人找到了人性与美学的界面，诗歌成为对世俗和具体的某种超越，也是诗人向伟大事物和心灵的致敬。

（李龙炳）

画布与广场（组诗）

◎衣米一

【作者简介】衣米一，出生于二十世纪六十年代，湖北人，现居海南三亚。曾获第二届中国独立诗歌奖，2020 年华语诗歌实力诗人奖等。著有诗集《无处安放》《衣米一诗歌 100》。

[珍妮·萨维尔]

2011 年的一天，一个晚饭后的黄昏。
我第一次看到
珍妮 · 萨维尔的画。
那是一本厚重的画册，翻开
即见巨大的肉体，人的肉体。
这些肉体
横陈，竖立
面对我，背对我
鼻青脸肿和遍体鳞伤。
有一张被命名为《转变》的作品
是一排悬挂着的人体
一看就知道
已经失去了自由意志
他们最大的可能是被悬挂在屠宰场。

[安尼施·卡普尔]

看安尼施·卡普尔的作品
你有理由不适
有理由捂住眼睛。
有理由尖叫，有理由大笑不止。

在无限可能中
你有理由扭曲，舒展，暗黑，透明。
血淋淋，或者亮闪闪。

在无限可能中
腐肉，旋涡，深渊，伤口，棺木。
花园，星月
大地，水晶，美酒。
它们有一千个名字
这无关创作，这是发生。

[瓦妮莎·比克罗夫特]

女性身体是神秘的所在。
有时，那里面有天堂。
有时那里面有地狱。
她们有生殖之痛，养育之苦
欲之本能，爱之印记。

女性身体是艺术的，也是哲学的。
是动态的，也是静止的。
是丰富的，也是单一的。
是肉欲的，也是意志的。
是更容易被物化的，也是更容易被神化的。

改造和被改造，完整和残缺
时尚和腐朽
永恒和瞬间，真和假
个体和群体
看瓦妮莎·比克罗夫特的作品
就看到了
充满仪式感的女性
在历经一切。你看到了这一切。

[贾科梅蒂]

在一次访谈中贾科梅蒂说
第二次世界大战后
他画的东西
都比他确信所见到的要小。
这种现象成了他本能的一个部分。

“我再也不能把人像
恢复到本来的大小了。”
正如“奥斯威辛之后写诗是野蛮的”。
如果继续那样写诗
如果继续写那样的诗

[基弗与策兰]

策兰以一首诗的形式
仿佛在等待一个叫基弗的人。

两个人之间
堆满废墟、灰烬和土地
以及油彩、钢铁、铅、石头和树叶。

策兰写下玛格丽特
你金发的玛格丽特
基弗用被火烧干的稻草来完成玛格丽特。

“你灰发的舒拉密兹”
在集中营里
被制成人皮灯盏，人肉肥皂。

《死亡赋格》之后
基弗在工作室里，反复倒出滚烫的铁水。

策兰的儿子
在巴黎
至今没有爱上自己的父亲。

阴翳美学（组诗）

◎靳小蓉

【作者简介】靳小蓉，女，毕业于武汉大学人文学院，获得博士学位，现任教于江汉大学。读本科时开始文学写作，作品曾发表在《诗刊》《长江文艺》《散文》《芙蓉》等刊物，出版有诗集《隐逸于白昼》。

[第三个人]

必须有第三个人，欲望才能得以流传。
——玛格丽特·杜拉斯

在那围巾的尾端有你朋友手织的花纹
正如那件旧棉褛下摆有我母亲补缀的针脚
在那些旧信背后，浮动着室友美丽的脸
疼痛的身体外部有亲友们的哗笑
伊卡洛斯下坠的画幅上，有农人在耕田

面包加点盐会更甜
秘密紧张的精神生活在日常的底色鲜艳
何处去凭吊那一去无踪不可确认的激情
就看那田还在，母亲还在
我们曾从她们中失踪，如今重又归来

[独角兽]

——读玛丽安·摩尔

睡前我误喝了一杯伏特加
因为连续熬夜很多天
我想酒可以驱除
令人无所适从的疲劳
但忘了喝酒会让我睡不着
预感到窗外苍白的晨曦
又会在四小时之后
将空旷街景按压进凝固的眼窝
起来吧，读书吧

睡前我读了一批女人的书
最后一本是玛丽安·摩尔
她说，玫瑰而已
美是一种责任而不是一种资本
刺是你最好的东西
她说的是玫瑰，还是她和你
你也刚刚脱去伪装

找到自己的刺

这好像不是诗，是哲学论文
但刚好符合此时的口味
没有任何易朽的现实物像
用变动不居的色相来激动你的情感
只有坚固枯燥的概念
不会有腐坏崩散之虞
我疲惫，麻木
它硬朗，宽广
它宽广，可以躺倒休息
它硬朗，可以把软钟表挂在树枝上
难怪伊丽莎白·毕晓普喜欢她
她们都是有见识的女人

太少了，像独角兽
见识这种东西
就是精神的门楣上金字的铭牌
登上多高的梯子
才可以将它擦亮

[阴翳美学]

在徽州，雨的珠箔闪烁的背景
晕洇着沉沉木色的柔软
几经易主廊柱上尽是钉痕
挂过一尾鲤鱼
晾过萎靡的白夹衣
你刻画它，它就留下印记
时间洗刷它，它就衰朽
许诺坍塌融入风土
没有丝毫对抗的企图
但它的时间是慢的
它的丝丝缕缕的柏木松木
每一丝了断的悬念是长的
它无所谓风骨
幽暗雨水滴落天井
麻雀死在梁上
长案上漆器犹自幽暗闪光

[缓 慢]

重新回到分手的地铁口
花了七年
那最后的一次贴面
温暖犹存

我站在饭店门口等你
笔直如骑士耐心如石狮
若下一次该你等我
必已在时光的背面

冰川缓慢地登上重重山头
黑夜缓慢地打开鲜花于另一个宇宙
我的爱缓慢地抵达你
一半耗于路途，一半用于环绕你的心

河汉无声，碾轴转动的吱呀声不闻
只有内心的倾斜微微偏移了角度

[腹 地]

遒劲的汉语之树
绕过伦理和语法的栅栏
长进了存在的腹地

我轻轻打开门
打开你的抗拒抑或是引诱
沿着一路幽深的风景
身不由己抵达你的梦境

白色汽车在田野尽头
地平线上无声地奔驰
像马的倒影在水中
还乡的道路
掩映于玉米田和甘蔗地
这是祖国的腹地

子美逸风

Traditional Poetry

唐颢宇诗词选

◎唐颢宇

[终南暂宿]

满身披夕雾，一路上秦关。
寒月溪中鸟，疏星画里山。
古松张石峡，幽竹抱泉湾。
独宿夜无事，往来空碧间。

[晚登三折瀑]

几山天外雨，一路雾中花。
寻到飞瀑直，下来幽径斜。
村人收落叶，涧树纳归鸦。
如今餐黄蘗，当期卧碧霞。

[晚至峨眉]

来时方二月，村火几零星。
岚霭浑疑画，莺花欲上屏。
藤牵山骨碧，竹映月眉青。
钟响虚空里，萧萧老鹤听。

[再过王右丞手植银杏树]

杏风吹落钓鱼台，地僻烟空野雀来。
寂寞溪山已无主，模糊碑字自生苔。
长怜古木春犹绿，只有诗人去不回。
独抱相思寻旧迹，茫茫斜日照徘徊。

[八声甘州·辋川]

到秦川卉木正萋萋，下岭见莺飞。过蓝关古道，蓝桥旧驿，遗梦依稀。映带清溪白石，百转玉成堆。手种深青树，老作云梯。　　只是诗人已去，但寂山荒草，春日迟迟。纵残踪一二，谁与赋芳菲。况佳游、宫槐文杏，剩野条花蔓郁参差。痴寻得、有空香处，想像朝衣。

张圣华诗选

◎张圣华

[秋]

秋风渐起浑觉肃，苍头轻垂味已平。
淡看落叶与尘寂，酒邀斜阳且缓行。

[寅时小坐]

冬天岂忍睡，览夜起逡巡。
群星应识我，枯坐白头人。
霜冷众皆梦，犬吠渐有闻。
神和天地阔，夜暗渐达深。
佳时心有感，无言可诉君。

[风岸如约守]

登州何所侯？订有天海秋。
知交聚忽罢，风岸如约守。

[炎夏雨落黄陂木兰山]

一路丁香伴溪唱，野莓如星山径旁。
高山老树候我久，群蝶乱眼掠蛛网。
拾级蹭花频移景，越石过桥攀山梁。
忽有雨落万叶笑，京城今日或风凉？

吕朝刚诗选

◎吕朝刚

[春 游]

东君驰步来，催发百花开。
堤柳微睁眼，园蔬已上苔。
相邀踏青客，同饮白螺杯。
欢乐不知倦，日西俱忘回。

[乡村夏夜]

东阁升新月，西山落暮晖。
荷风穿户过，萤火绕篱飞。
竹榻生凉意，松窗嗅翠薇。
忽闻知了响，定是鸟迟归。

[乡 居]

久居乡野下，不记岁和年。
小店沽清酒，轻舟钓碧渊。
赏梅吟雅句，对月奏高弦。
一介村夫我，悠然世上仙。

[游玄武湖公园]

钟山斜影入平湖，林鸟浮踪戏雁凫。
击水兰桡闲作浪，穿花蛱蝶偶同途。
一湾菱渚生凉意，十里荷风熄火炉。
游此五洲三水景，宛如身在小蓬壶。

[小隐于野]

烟波左岸结蓬庐，沙渚凉台好钓鱼。
从此逍遥还任性，何妨酩酊且舒徐。
临风舞剑船归后，击筑高歌月上初。
乡里农田租半亩，春来唤友种青蔬。